Diogenes Tas

Georges Simenon

Es gibt noch Haselnuß-sträucher

Roman
Deutsch von
Angela von Hagen

Diogenes

Titel der Originalausgabe:
›Il y a encore des noisetiers‹
Copyright © 1969 by Georges Simenon
Die deutsche Erstausgabe erschien 1970
unter dem Titel ›Der Haselnußstrauch‹
Umschlagfoto: Heinz Rühmann in
der Verfilmung des ZDF

Doktor Samuel Cruchaud,
meinem Freund,
widme ich dieses Buch,
in dem niemand jemand ist,
und wenn zufällig einer jemand ist,
ist er jemand anderer...

Neuübersetzung

Alle deutschen Rechte vorbehalten
Copyright © 1984
Diogenes Verlag AG Zürich
100/91/36/3
ISBN 3 257 21192 9

I

War ich an diesem Morgen glücklicher oder unglücklicher als an irgendeinem anderen Tag? Ich weiß es nicht, und zudem hat das Wort Glück für einen Mann von vierundsiebzig Jahren nicht mehr so viel Bedeutung.

Jedenfalls erinnere ich mich noch an das Datum: Es war der 15. September. Ein Dienstag.

Um sechs Uhr fündundzwanzig ist Madame Daven, die ich als meine Wirtschafterin bezeichne, lautlos eingetreten, ohne ein Lüftchen zu bewegen, und hat mir meine Tasse Kaffee auf den Nachttisch gestellt. Dann ist sie zum Fenster gegangen und hat die Vorhänge aufgemacht. Ich sah sofort, daß die Sonne nicht schien und daß es draußen dunstig war, vielleicht regnete.

Wir haben uns einfach nur guten Morgen gesagt. Wir reden wenig miteinander. Ich trank meinen ersten Schluck, sie räumte die Kleider weg, die ich abends zuvor abgelegt hatte, und ich schaltete das Radio ein, um die Morgennachrichten zu hören.

Es ist ein Ritual, das sich nach und nach herausgebildet hat, und ich könnte unmöglich sagen, warum wir es so gewissenhaft einhalten.

Madame Daven läßt das Wasser in die Badewanne laufen, ich trinke meinen Kaffee, dann stehe ich auf, ziehe meinen Morgenmantel an und gehe zum Fenster. Jeden Morgen. Ich betrachte die menschenleere Place Vendôme, die Luxusautos vor dem Ritz, den Polizisten an der Ecke Rue de la Paix.

Zwei bis drei Taxis fahren vorbei, ein einzelner Fußgänger, der es eilig hat, schaut auf seine Uhr. Das Pflaster ist schwarz und glänzt. Regnet es oder legt sich der Nebel auf die Straße? Ein leichtes Zittern der Luft zeigt an, daß es ein ganz feiner Regen ist, der so langsam fällt, daß man ihn kaum bemerkt, und der auf dem Asphalt schwarz wird.

Hinter mir stellt Madame Daven die zweite Tasse schwarzen Kaffee für mich hin.

»Tragen Sie einen blauen Anzug?«

Ich überlege, als ob das durchaus von Bedeutung sei, und sage:

»Einen grauen ... dunkelgrau.«

Vielleicht um mit dem Wetter in Übereinstimmung zu sein. Es wird den ganzen Tag über regnen, es ist kein vorübergehender Schauer. Der Platz ist sehr schön in dem gedämpften Licht, vor allem zu dieser Stunde, da erst wenige Leute auf sind. Ich sehe nur zwei erleuchtete Fenster und dahinter Hausfrauen in der Küche.

Ich weiß, daß Rose Barberon, die Putzfrau, ihrem Mann in der Küche das Frühstück serviert. Er hat seine weiße Jacke noch nicht angezogen und seine Kochmütze noch nicht aufgesetzt. Sie wohnen seit fünfzehn Jahren bei mir und schlafen in den Mansarden direkt über mir.

»Möchten Sie etwas Besonderes zum Mittag- oder Abendessen?« fragt mich Madame Daven.

»Nein, nichts Besonderes.«
»Werden Sie keine Gäste haben?«
»Nein.«

Ich habe so selten Gäste! So selten wie nur möglich. Ich habe mich mit der Zeit daran gewöhnt, allein zu essen, und nun strengt es mich an, dabei reden oder zuhören zu müssen.

Abgesehen von der Küche steht die Wohnung leer. Da ist noch mein Studio, das ehemalige Zimmer meiner Frau, ihr Boudoir, die Kinderzimmer natürlich, der Salon und das Eßzimmer.

Madame Daven schläft in dem Zimmer, das lange Jean-Luc gehört hat. Anfangs wollte sie in eine der Mansarden ziehen, aber ich habe mich nachts zu sehr allein gefühlt in einer Wohnung, in der die Stille von keinem menschlichen Laut unterbrochen wird.

Alles verlief an diesem Morgen wie an jedem anderen. Nicht viel Neues in den Nachrichten. Nachdem ich meine Zigarette zu Ende geraucht hatte, drückte ich sie in einem Aschenbecher aus und begab mich ins Badezimmer. Erst einmal rasierte ich mich.

Auch das ist eine unerklärliche Angewohnheit. Die meisten Männer nehmen ihr Bad, bevor sie sich rasieren, denn dann ist der Bart weicher. Warum ich es umgekehrt mache, weiß ich nicht. Seit ein paar Jahren, vermutlich seitdem ich praktisch allein lebe, gewöhne ich mich daran, jede Tätigkeit zu einer bestimmten Tageszeit auszuführen.

Ich höre Madame Daven in meinem Zimmer hin und her gehen. Sie weiß, daß ich das offene Bett nicht sehen mag, das grelle Weiß der zerdrückten Bettücher.

Sie bleibt im Zimmer, während ich mich anziehe, und reicht mir die Sachen, die ich in meine Taschen stecke.

Im Grunde fungiert sie als Kammerdiener. In meiner Privatsphäre habe ich die Gegenwart eines Mannes nie ertragen können.

Um sieben Uhr höre ich Schritte im Studio nebenan. Das ist Emile, mein Chauffeur, der die Morgenzeitung bringt und sie auf das Tischchen legt. Er wohnt in einem Außenbezirk der Stadt, in Alfortville glaube ich. Seine Frau ist seit fast zwei Jahren im Krankenhaus. Jeden Morgen, bevor er weggeht, bringt er die Wohnung in Ordnung. Gleich wird er in die Küche gehen und ebenfalls frühstücken.

Eine kleine Welt, fünf Personen im ganzen, in einer Wohnung, die für eine große Familie und für Empfänge gemacht ist. Bald werden die beiden Putzfrauen kommen und die grobe Arbeit machen, denn in allen Zimmern, auch in den unbewohnten, wird jeden Tag staubgesaugt.

Ich ziehe noch nicht mein Jackett an, sondern einen leichten Morgenmantel, und setze mich in meinen Sessel im Studio. Dort verbringe ich einen Großteil meiner Zeit, und wenn ich Grippe habe, halte ich mich den ganzen Tag darin auf.

Es ist mit einem beigefarbenen Teppichboden ausgelegt, die Wände sind mit Leder bespannt, mit demselben, ein wenig helleren Leder als die Sessel. An der Wand meinem Lieblingsplatz gegenüber habe ich einen großen Renoir aufhängen lassen, eine Badende, jung und frisch, Wassertropfen gleiten über ihre rosige Haut. Sie ist rothaarig, und ihre Unterlippe ist zu einem Schmollmund aufgeworfen.

Ich betrachte sie jeden Tag. Ich sage ihr guten Morgen.

Wegen des Nieselregens und des eintönigen grauen Himmels muß ich heute das Licht anlassen, und von meinem Platz aus sehe ich, daß auch anderswo die Fenster erleuchtet sind.

Haben andere Menschen auch Gewohnheiten, auf die sie Wert legen? Früher war ich nicht so. Jeder Tag war anders, scheint mir, ich tat von Stunde zu Stunde, was mir gerade einfiel, ohne je zu wissen, wo ich abends sein, wann ich zu Bett gehen würde. Heute weiß ich es. Um elf Uhr. Fast auf die Minute genau.

Jeanne, meine zweite Frau, und ich gingen selten vor drei Uhr morgens schlafen und schliefen noch, wenn die Kinder schon zur Schule gingen.

Nora später hätte am liebsten die ganze Nacht außer Haus verbracht.

Ich lese nach alter Gewohnheit die Zeitungen, vor allem die Finanzberichte, und Madame Daven, nach wie vor lautlos über den Boden schwebend, bringt mir die dritte Tasse Kaffee.

Ich bin immer ein großer Liebhaber von Kaffee gewesen. Candille, seit über zwanzig Jahren mein Arzt, rät mir vergeblich, den Kaffeegenuß einzuschränken. Es ist zu spät. In meinem Alter ändert man seine Gewohnheiten nicht mehr, und mit den drei Tassen Kaffee ist das nicht anders als mit allem übrigen.

Ich mache mich gern über mich selber lustig. Ich lebe auf Schienen, und wie die Lokomotive weiche auch ich nicht von ihnen ab. Das Seltsame ist, daß ich bei der täglichen Wiederholung meiner Verrichtungen eine gewisse Befriedigung empfinde.

So wie ich Befriedigung empfinde, wenn ich die Bilder und Gegenstände, die ich allmählich im Lauf der Jahre zusammengesammelt habe, an ihrem Platz sehe. Ich messe ihnen keinen Gefühlswert bei, ich denke nie an die Erinnerungen, die sie in mir wachrufen könnten.

Ich liebe sie um ihrer selbst willen, wegen ihrer Form, wegen des Materials, aus dem sie bestehen, wegen ihrer Schönheit. Im Salon steht zum Beispiel ein Frauenkopf von Rodin, und ich streichle die Bronze jedesmal, wenn ich an ihr vorbeigehe.

Die goldene Pendeluhr aus dem 17. Jahrhundert schlägt die ganzen und die halben Stunden, und Madame Daven achtet darauf, daß sie nie stehenbleibt. Ich hasse stehengebliebene Uhren, es ist ein wenig so, als wären sie gestorben. Alle Uhren im Haus zeigen die genaue Uhrzeit an, außer der elektrischen Uhr in der Küche, die fünf Minuten vorgeht.

Die Place Vendôme belebt sich ein wenig. Ich kann hören, wie die Metalläden vor den Auslagenfenstern hochgezogen werden, auch bei dem Juwelier im Parterre meines Hauses.

Die Uhr schlägt neunmal, und das bedeutet, daß es Zeit für mich ist, aufzustehen und den Morgenmantel gegen mein Jackett zu vertauschen. Auf dem Weg zur Haustür muß ich durch den Salon, wo eine der beiden Putzfrauen sich zu schaffen macht. Ich kenne sie nur vom Sehen, sie wechseln ziemlich häufig. Im Augenblick sind, glaube ich, eine Französin und eine Spanierin da.

Ich nehme nicht den Aufzug, denn ich habe nur ein Stockwerk hinunterzugehen. Dort sehe ich auf einer Mahagonitür das Kupferschild mit den eingravierten Wörtern:

*F. Perret-Latour
Bankier*

Das F. steht für François. Das bin ich. Das Geschäft gehört mir noch zum größten Teil, aber ich bin nicht mehr wirklich der Chef. Ich habe vor vier Jahren meinen Posten abgegeben, an meinem siebzigsten Geburtstag, der mir arg zugesetzt hat, denn ich hatte mit einem Mal das Gefühl, alt geworden zu sein.

Bis dahin habe ich kaum je daran gedacht. Gewiß, ich begann schneller müde zu werden, ich habe wegen irgendwelcher Wehwehchen Candille kommen lassen. Aber ich fühlte mich nicht als alter Mann.

Und dann habe ich von einem Tag auf den anderen beschlossen, einer zu sein, und nun lebte, ging, sprach und handelte ich wie ein alter Mann.

Aus dieser Zeit stammen die meisten meiner Schrullen. Und zu dieser Zeit auch hat Madame Daven begonnen, sich um alles in der Wohnung zu kümmern, einschließlich meiner Person.

»Wieviel Jahre bleiben mir normalerweise noch zu leben?« habe ich mich gefragt.

Ich habe mir die Frage nicht furchtsam gestellt, ich glaube nicht, daß ich Angst vor dem Tod habe. Was mich an meinem siebzigsten Geburtstag gequält hat, war die Vorstellung des Zerfalls.

Ich erinnerte mich an die Art, wie ich noch vor wenigen Jahren diejenigen ansah, die ich für alte Leute hielt. Ich habe meinen Vater immer als einen alten Mann betrachtet, und dabei ist er mit dreiundsechzig Jahren gestorben.

Ist es nicht unglaublich, wenn ich denke, daß mein Bruder Léon zweiundsiebzig Jahre alt ist und daß meine Schwester Joséphine, die älteste von uns, die nie geheiratet hat, im Alter von neunundsiebzig Jahren immer noch allein in Mâcon lebt?

Jeanne, die jünger ist als ich, hat sich mit ihrem Mann in Metz niedergelassen und ist 1928 an Tuberkulose gestorben, nachdem sie zwei oder drei Kinder zur Welt gebracht hatte. Eigentlich müßte ich es wissen, denn wir haben uns noch eine Zeitlang geschrieben. Ihr Mann hieß Louvier und arbeitete bei einer Versicherung. Als meine Schwester nicht mehr lebte, habe ich den Kontakt zu ihm und den Kindern verloren.

Ich gehe erst fünf Minuten nach neun in den ersten Stock hinunter, um Monsieur Pageot Zeit zu lassen, die Türen und Fensterläden zu öffnen. Er ist zehn Jahre jünger als ich und arbeitet nun schon über dreißig Jahre in der Bank.

Der Direktor, Gaston Gabillard, ist um einiges jünger: zweiundfünfzig Jahre. Die Leitung des Betriebes liegt in seiner Hand, obwohl ich immer noch Präsident des Verwaltungsrats bin und er so tut, als würde er mich um meine Meinung fragen, bevor er eine wichtige Entscheidung fällt.

Er sitzt in meinem ehemaligen Büro, dem größten und hellsten von allen. Seine beiden Fenster gehen auf die Place Vendôme, und es ist mit Empire-Möbeln eingerichtet. Alles ist in Empire eingerichtet, und die meisten Möbel sind echt. Es gibt nur einen einzigen Schalter, und zwar im ersten Raum, wo sich der silberbetreßte Empfangschef aufhält.

Unsere Kunden kommen nicht, um einen Scheck einzulösen oder kleine Summen einzuzahlen. Wir sind dazu da, ihr Vermögen zu verwalten, sie bei Kapitalanlagen zu beraten, oft auch beteiligen wir uns an ihren Geschäften.

Ich war zum Beispiel einer der ersten, die an das Geschäft mit der Elektronik geglaubt haben, und habe einen Industriellen in Grenoble unterstützt, der sich auf sie verlegte. Heute gehört mir sein Betrieb zu sechzig Prozent.

Ich werfe einen Blick in den Telexraum, wo direkte Verbindungen mit London, Zürich, Frankfurt und New York hergestellt werden können. Dann gehe ich in mein Büro; es ist kleiner als das frühere, aber man blickt ebenfalls auf die Place Vendôme.

Auf der Schreibunterlage, einem Geschenk meiner letzten Frau, erwartet mich meine persönliche Post.

Dienstag, der 15. September. Der Regen fällt immer noch so fein, daß man ihn nicht sehen kann, und doch sind die Dächer und Motorhauben der Autos ganz naß.

Der Brief liegt zuoberst auf dem Stoß, ein Luftpostkuvert, dessen Schrift mir in die Augen sticht. Auch wenn nicht in Druckbuchstaben dagestanden hätte: Bellevue Hospital, wäre sie mir aufgefallen.

New York. Quai Franklin D. Roosevelt, am East

River. Ich kenne New York gut, und ich bin oft an den imposanten Gebäuden des Bellevue Hospital vorbeigegangen.

Die Schrift ist zerfahren, kantig, bald waagrecht, bald nach rechts oder nach links geneigt, und zittrig. Es ist die Schrift eines oder einer Kranken.

Wir bekommen in der Bank oft Briefe von Verrückten, und man erkennt sie fast immer an dieser Art von Handschrift.

Es steht kein Name auf der Rückseite des Umschlags. Ich öffne ihn mit dem Gefühl, etwas Unangenehmes zu erfahren.

Ich wende das Blatt um und lese die Unterschrift. Ich habe mich nicht getäuscht, der Brief ist von Pat. Sie unterschreibt jetzt mit Pat Jester.

Ich hatte erfahren, daß sie wieder geheiratet hat. 1938 habe ich sogar bei ihr an der Tür geläutet, sie wohnte in einem kleinen, ziemlich ärmlichen Haus in der Bronx. Ich wollte sie nach der Adresse meines Sohnes fragen, der mir nie schrieb.

Eine Nachbarin, die mich vergeblich läuten sah, erzählte mir, daß meine ehemalige Frau in einem Hotel in Manhattan arbeitete, ebenso ihr Mann, ein Mister Jester, aber sie konnte mir nicht sagen, in welchem Hotel. Nein, meinen Sohn kannte die Nachbarin nicht, aber sie hatte von ihm gehört, er wohnte irgendwo in New Jersey.

Der Brief war natürlich in Englisch geschrieben. Selbst als wir zusammen in Paris lebten, hat Pat keine fünf Worte Französisch behalten können.

Wir haben uns 1925 in New York kennengelernt.

Ich war dorthin gegangen, um ein Praktikum in der Wall Street zu machen, und wohnte in der 3. Straße, beim Washington Square, im zweiten Stock eines nur vierstöckigen Hauses.

Trotzdem gab es einen Aufzug, er war sehr klein und rot tapeziert. Man konnte sich nur zu zweit darin aufhalten, und eines Tages fand ich mich dort in Gesellschaft einer jungen brünetten Frau, die im selben Stockwerk ausstieg wie ich.

Wir waren Nachbarn, und mehrere Wochen lang habe ich sie nicht wiedergesehen. Ich war einunddreißig Jahre alt. Beim zweiten oder dritten Mal haben wir uns angesprochen, und sie erzählte mir, sie arbeite als Modell.

Wir aßen zusammen zu Abend. Immer öfter habe ich abends mein Zimmer mit dem ihren vertauscht, und eines Nachts habe ich mir vorgenommen, sie zu heiraten.

Wir sind in eine andere Wohnung gezogen. Pat war zwanzig Jahre alt und sehr fröhlich, nur manchmal hatte sie Anfälle von Melancholie. Sie war im Mittleren Westen geboren, und ich glaube, ihre Eltern waren sehr arm. Sie hat nie über sie gesprochen.

Ich spekulierte an der Börse. Schon nach meiner Ankunft in Paris mit siebzehn Jahren, als ich in die juristische Fakultät eintrat, hatte ich das Pokern entdeckt, und ich verbrachte ganze Nächte bei diesem Spiel.

Ich gewann fast immer. Es ist so etwas wie ein sechster Sinn bei mir, und er war mir im Stock Exchange ebenso nützlich wie zuvor im Quartier Latin.

1926 hatte ich mein Praktikum beendet und ging mit Pat nach Paris zurück, wo wir in ein Hotel am Boulevard Montmartre zogen.

Dort wurde unser Sohn geboren, und wir gaben ihm den Namen Donald. Pat ging nicht mehr zur Arbeit. Ich ging so oft wie möglich mit ihr aus, vor allem in die Nachtlokale am Montparnasse, die damals ebenso beliebt waren wie später die Kellerlokale in Saint-Germain-des-Prés.

Warum konnte Pat Paris nicht leiden? Ich weiß es nicht. Sie benahm sich strikt wie eine Amerikanerin, und nichts Französisches fand Gnade in ihren Augen.

Ich hatte einen Freund, mit dem ich Jura studiert hatte und dessen Vater in der Rue Laffitte eine Privatbank besaß. Er hieß Max Weil, und er war es, der mir riet, eine kleine Bank an der Place Vendôme zu übernehmen. Sein Vater hat mir übrigens dabei finanziell unter die Arme gegriffen. Mein Freund Max ist dann 1943 in Buchenwald umgekommen.

Ich erinnere mich nach bestimmten Anhaltspunkten an Daten. An einige Zeitabschnitte erinnere ich mich ungenauer als an andere, und das ist auch so, was mein Leben mit Pat betrifft. Es fällt mir sogar schwer, mir ihr Gesicht vorzustellen. Wir haben uns nicht gestritten, aber die fröhliche Ausgelassenheit, in der wir in New York zusammen gelebt hatten, fand ich in Paris an ihr nicht wieder.

Die Wohnung im 2. Stock war damals noch nicht frei, und wir wohnten weiter im Hotel.

Ich hatte eine Geliebte, Jeanne Laurent, eine Journalistin. Ihr Vater war Verleger einer Abendzeitung.

Sie war klein und schmal, sehr lebhaft, und hatte einen scharfen Verstand.

Ich glaube, daß Pat es nie gewußt und daß meine Liebschaft keine Rolle bei ihrer Entscheidung gespielt hat. Eines Tages erklärte sie mir, sie habe Sehnsucht nach New York und wolle für ein paar Wochen hinfahren. Unseren Sohn, der zu klein war, als daß ich mich um ihn hätte kümmern können, hat sie mitgenommen.

Für mich war er lediglich ein Baby wie andere, Vatergefühle hatte ich nicht.

Ich war keineswegs überrascht, als ich drei bis vier Monate später einen Brief von einem Anwalt aus Reno bekam, in dem mir mitgeteilt wurde, daß zwischen Pat und mir zu meinem Verschulden die Scheidung ausgesprochen worden und ich dazu verurteilt sei, eine monatliche Summe von tausend Dollar für Unterhalt und Erziehung des Kindes zu zahlen.

Ich habe mit Paul darüber gesprochen, Paul Terran, einem Freund von mir, der auch mein Anwalt ist. Er wohnt am Quai Voltaire und kommt mich noch von Zeit zu Zeit besuchen.

»Um in Frankreich Gültigkeit zu haben, müßte die Scheidung aufgrund von Beweggründen ausgesprochen sein, die vom französischen Gesetz anerkannt werden. Deine Frau hat dein Verlassen der ehelichen Wohnung veranlaßt. Und welches ist die eheliche Wohnung?«

»Die des Mannes ...«

»Genau. Wenn du also möchtest, kannst du die Scheidung durch ein französisches Gericht annullieren lassen.«

Wozu? Im Grunde kam es mir gelegen. Ich hatte keine Lust mehr dazu, mit Pat zusammenzuleben, und noch weniger, mich endgültig in den Vereinigten Staaten niederzulassen.

Jeanne Laurent und ich waren uns immer vertrauter geworden, und es mißfiel mir, nachts allein nach Hause zum Schlafen zu gehen. Sie wohnte noch bei ihren Eltern.

Ich habe die monatlichen tausend Dollar bezahlt, bis 1940, als es unmöglich wurde, mit Amerika Verbindung zu halten. Pat hat sich wieder verheiratet, mit einem gewissen Jester. Ich habe ihn nie gesehen und weiß nicht, was er von Beruf ist. Später habe ich ihre Adresse verloren, und da ich auch die von Donald nicht hatte, habe ich die Zahlungen eingestellt.

Vor mir liegt der Brief, geschrieben in einem Zimmer im Bellevue Hospital von einer Frau, die heute wohl zweiundsechzig Jahre alt ist und mit zittriger Hand mit Pat Jester unterschreibt.

Das Haus in der 3. Straße ist sicher abgerissen worden und hat einem gewichtigeren und moderneren Gebäude Platz gemacht, wie es um den Washington Square herum üblich ist.

»Dear François...«

Es kommt mir eigenartig vor, daß sie »Lieber François« zu mir sagt. Ich weiß nicht, warum meine Hände leicht zu zittern beginnen, als würde mich dieser Brief ein wenig erschrecken.

Es sind bereits vier Jahre her seit jenem bewußten siebzigsten Geburtstag, als ich beschloß, ein Egoist zu werden.

Es ist mir wohl nicht ganz gelungen. Ich denke an Pat, an den Sohn, den ich nur als Baby gesehen habe, und ich suche nach Ausreden, um das Lesen des Briefes hinauszuzögern.

»*Hoffentlich kannst du meinen Brief lesen. Ich bin nicht sicher, denn meine Schrift wird immer schlechter. Seit drei Jahren beginnen meine Hände zu zittern, sobald ich eine Füllfeder oder einen Bleistift halte. Und jetzt liege ich im Bett.*

Nicht in meinem eigenen Bett, sondern in einem Krankenzimmer im Bellevue. Wir sind zwanzig und beobachten uns gegenseitig, zwanzig Frauen in fortgeschrittenem Alter, die alle zu bestimmten Nachtzeiten stöhnen. Ich auch, trotz der Spritzen, die ich bekomme.

Ich weiß nicht welche Spritzen. Wenn man die Schwester fragt, lächelt sie und nickt. Ich weiß auch nicht, welche Krankheit ich habe oder unter welchen Krankheiten meine Nachbarinnen leiden.

Bei mir wissen sie anscheinend auch nichts, sie suchen unaufhörlich, seit zwei Monaten. Sie machen Tests, man bringt mich auf einem fahrbaren Bett in Räume voller Apparate, und ich werde bestrahlt.

Ich bin so mager geworden, daß ich nicht mehr wiege als ein zehnjähriges Mädchen. Nur mein Bauch ist aufgebläht, als ob er voller Luft wäre, und manchmal denke ich, er gehört nicht mehr zu mir.

Fast zwei Jahre sind es her, daß ich anfing so abzumagern und daß ich Schmerzen habe, aber anfangs waren die Anfälle seltener. Zu Anfang des Som-

mers war ich so schwach, daß ich meine Arbeit im Hotel Victoria aufgeben und den ganzen Tag in meinem kleinen Haus bleiben mußte...«

Ist es das Haus in der Bronx, wo ich auf meiner Reise nach New York vergeblich geläutet hatte? Ich kenne kein Hotel Victoria. Wahrscheinlich ist es eine Pension zweiten oder dritten Ranges. Pat sagt auch nicht, was sie dort tut.

»Zum Glück hat mich Doktor Klein nicht fallengelassen. Er wohnt in derselben Straße, und einmal habe ich ihn mehrere Nächte hintereinander gerufen, so große Schmerzen hatte ich.

Habe ich dir mitgeteilt, daß Jester, mein Mann, auf den Philippinen getötet worden ist? Ich bekomme eine kleine Rente, aber nicht genug, um jemanden zu bezahlen, der mich zu Hause betreut. Nachdem ich nicht mehr ausgehen konnte und die meiste Zeit im Bett verbringen mußte, hat mich Doktor Klein ins Krankenhaus bringen lassen...«

Sie hat sicher graue Strähnen, die ihr ins Gesicht fallen, und ich versuche vergeblich, mir nach den Erinnerungen, die ich an sie behalten habe, die Pat von heute vorzustellen. Ich habe sie zwanzigjährig vor mir, in Modezeitschriften, manchmal auf dem Titelblatt eines Magazins.

»Vielleicht haben wir in dem Saal alle die gleiche Krankheit. Fast jeden Tag werden eine oder zwei ir-

gendwohin gebracht, wahrscheinlich zur Bestrahlung. Wir sprechen fast gar nicht miteinander. Wir sind zehn auf einer Seite, in zehn gleichen Betten, und zehn andere Betten stehen gegenüber.

Manche lesen, andere hören Radio, zu den Zeiten, wo es erlaubt ist. Die meiste Zeit beobachtet man sich.

Fünf von denen, die bei meiner Ankunft da waren, sind schon durch andere ersetzt worden.

›Ist die alte Frau aus dem dritten Bett tot?‹ habe ich die Nachtschwester gefragt, die gesprächiger ist als die Tagesschwester.

›Ich glaube nicht. Sie ist wahrscheinlich wieder zu ihrer Familie zurückgekehrt.‹

›Die anderen auch?‹

›Welche anderen?‹

›Die vier anderen, die weg sind ...‹

›Ich bin nicht unterrichtet.‹

Man bringt sie anscheinend zum Sterben anderswohin, und wenn wir uns gegenseitig beobachten, so deshalb, weil jede sich fragt, welche die nächste sein wird, die den Saal für immer verläßt ...

Aber ich schreibe dir nicht, um mich zu beklagen.«

Ich bin Pat in der 3. Straße begegnet. Sie hatte bereits die Angewohnheit, nur an sich zu denken. Das habe ich später dann festgestellt, vor allem in Paris, das für sie immer nur eine Kulisse gewesen ist.

Als sie erfuhr, daß sie schwanger war, hat sie mir zwei Monate lang gegrollt, und ich frage mich noch heute, warum sie das Kind in die Vereinigten Staaten mitgenommen hat. Um eine höhere Unterhaltsrente zu bekommen?

Möglicherweise. Aber warum hat sie dann nach dem Krieg kein Lebenszeichen mehr von sich gegeben?

»Ich weiß nicht mehr, ob ich dir vor zwei oder drei Tagen geschrieben habe, um dich zu benachrichtigen. Ich weiß, daß ich es tun wollte, daß ich den Brief im Kopf schon entworfen hatte. Ich glaube, ich verliere langsam das Gedächtnis. Trotz allem aber bin ich noch immer nicht das, was man eine alte Frau nennt.

Rechts neben mir ist eine Frau, die achtundachtzig Jahre alt ist und immer versucht aufzustehen, sobald die Schwester draußen ist. Zweimal hat man sie vor ihrem Bett vom Boden aufheben müssen.

Es geht um Donald. Er ist gestorben, mit zweiundvierzig Jahren, und das Merkwürdige ist, daß keiner weiß, warum er es getan hat.

Er hatte eine nette kleine Frau, Helen Petersen. Er hat sie in Philadelphia kennengelernt, als er dort arbeitete. Sie haben drei Kinder. Der älteste der Buben, Bob, arbeitet in der Autowerkstatt. Ich glaube, er ist um die Zwanzig, ich weiß es nicht mehr.

Dann kommt Bill, er ist noch in der High School, und schließlich das Mädchen, Dorothy, die mir ähnlich sieht, als ich jung war.

Sie hätten glücklich sein können, trotz des Beins, das Donald in Korea verloren hat. Sein Charakter war seither nicht mehr ganz derselbe, aber nach und nach hatte er sich daran gewöhnt.«

Wie soll ich mir diesen Sohn vorstellen, den ich nur als Baby gesehen habe? Eine ganze Vergangenheit wird mir plötzlich entgegengeworfen, und mir wird regelrecht schwindlig.

»*Er hatte eine Reparaturwerkstatt und eine Tankstelle mit fünf Zapfsäulen in Newark in New Jersey. Ich muß die genaue Adresse suchen, vielleicht kannst du etwas tun.*

Ja, hier habe ich mein Notizheft ... Es ist Jefferson Street 1061, an der Ausfahrt von Newark, kurz vor der Autobahn nach Philadelphia.

Es ist letzte Woche passiert. Die ganze Familie war schlafengegangen. Er ist aufgestanden und hat seiner Frau gesagt, daß er nicht einschlafen kann und während der Zeit seine Papiere in Ordnung bringen will.

Helen ist wieder eingeschlafen. Als sie plötzlich aufwachte, weil sie spürte, daß der Platz neben ihr nicht mehr warm war, war es gegen drei Uhr morgens. Sie ist so wie sie war hinuntergelaufen und hat ihn erhängt in der Werkstatt gefunden.

Er hat keine Erklärung hinterlassen, niemand weiß etwas. Am Montag ist er beerdigt worden, und ich habe ihm nicht das Geleit zum Friedhof geben können.

Ein Buchhalter, den Helen hat kommen lassen, meinte, mit dem Geschäft sei es nicht gut gestanden. Früher oder später hätte Donald die Werkstatt wieder verkaufen müssen, und es hätte kaum gereicht, um die Schulden zu bezahlen.

Er war zu gut, zu vertrauensvoll, mußt du wissen. Man muß aber auch sagen, daß er nie Lust gehabt hat zu rechnen.

Ich hoffe, du hast mehr Glück mit deinen Kindern, falls du welche hast.«

Ich schließe eine ganze Weile die Augen, als würde ich mich weigern, diese Nachricht zu akzeptieren. Ohne mein Wissen haben sich Menschen fortgepflanzt, die mit meinem Dasein eng verbunden waren, ich bin dreifacher Großvater, ohne es zu wissen, und wenn Pat nicht in einem Krankenhaus liegen würde, hätte ich es wahrscheinlich nie erfahren.

Im Grunde schreibt sie mir, um sich an jemanden zu klammern.

Sie hat ein eintöniges, mühsames Leben gehabt. Sie hat ihren Mann im Krieg verloren und hat Arbeit in einem Hotel angenommen. Keine Schreibarbeit, dazu ist sie zu ungebildet. Vermutlich als Zimmermädchen oder in der Wäscherei.

Mein ältester Sohn hat in Korea ein Bein verloren und sich nun umgebracht, wahrscheinlich wegen seiner verzweifelten Geschäftslage. Warum hat er mir nicht geschrieben?

Ich frage mich, was Pat geantwortet hat, als er sie fragte, wer sein Vater sei und warum er einen französischen Namen trage. Denn irgendwann einmal hat er sie gefragt.

Hat sie ihm erzählt, daß ich tot sei? Das ist unwahrscheinlich. Der Zufall hätte ihn nach Paris bringen können, wo er ohne weiteres Auskunft bekommen hätte. Auch hätte er sich an das französische Konsulat wenden können.

Er hat nie ein Lebenszeichen von sich gegeben. Für ihn wie für seine Mutter habe ich, bis sie mir den Brief schrieb, den ich in Händen halte, nicht existiert. Ich war aus ihrer Welt verbannt.

Ich habe keine Gewissensbisse. Ich bin bedrückter, als ich gedacht hätte, aber ich fühle mich nicht schuldig.

Liegt es daran, daß ich beschlossen habe, ein Egoist zu werden? Nein, nicht einmal. Wir sind in verschiedenen Richtungen auseinandergegangen, und sie waren es, die mich verworfen haben.

Pat fährt fort:

»*Vielleicht kannst du ihnen helfen? Ich weiß sehr gut, daß du sie nicht kennst, daß es Fremde für dich sind, aber die Kinder sind trotzdem deine Enkelkinder.*«

Auch dafür habe ich keine Empfindung.

»*Ich kenne Helen. Sie ist zu stolz, um dich um irgend etwas zu bitten, und ich weiß nicht, wie sie zurechtkommen will.*

Immer wieder habe ich mich an diesen Brief gemacht, und jedesmal hätte ich ihn beinahe zerrissen.

Es ist, als würde ich betteln, und ich schäme mich. Du mußt mir nicht schreiben, aber ich bitte dich inständig, tu etwas für Helen und die Kinder.«

Ich bin am Ende des Briefes angelangt, es bleibt nur noch ein Wort über der Unterschrift.

»*Sincerely.*«

Das ist verblüffend. Sie war mit mir verheiratet, wir haben uns gemeinsam an Dingen begeistert, haben zusammen voll jugendlichen Übermuts in New York und in Paris die Nächte durchgemacht.

Wir hatten einen Sohn miteinander ...

Und am Schluß dieses mit zittriger Hand geschriebenen Briefes findet sie nur die allerbanalste Formel, wie man sie bei Geschäftsbriefen verwendet:

»Mit besten Grüßen«!

Ich schaue auf die Uhr. Es ist halb zehn. In New York ist es halb vier Uhr morgens. Ich muß bis Mittag warten, um unseren Geschäftspartner Eddie Parker bei sich zu Hause anrufen zu können.

Es gibt niemanden, den ich zu benachrichtigen hätte. Nur wenige Leute wissen, daß ich einen Sohn in den Vereinigten Staaten hatte. Allenfalls Jeanne Laurent weiß Bescheid, sie hat Pat sogar gekannt, denn eines Abends habe ich sie beim Essen zusammengebracht.

Nachdem ich von der Scheidung erfahren hatte, haben wir geheiratet, Jeanne und ich. Ich versuche mich an das Datum zu erinnern, es muß 1928 gewesen sein. Ich hatte eben den zweiten Stock und die Mansarden im Haus bekommen, und ich mußte noch all die Zimmer einrichten, mit denen ich nicht allzuviel anzufangen wußte.

Die Jahreszahl stimmt nicht. 1928 habe ich Jeanne Laurent kennengelernt. Geheiratet habe ich sie erst 1930. Ich war sechsunddreißig Jahre alt, sie vierundzwanzig. Sie war sehr intelligent, und der Umfang ihrer Kenntnisse setzte mich immer von neuem in Erstaunen. Zu dieser Zeit schrieb sie Filmkritiken.

Unser erster Sohn, Jacques, ist im Jahr darauf geboren, dann, 1933, bekamen wir noch einen, Jean-Luc.

Jeanne ging weiter zur Arbeit, und im Laufe der Zeit gewann sie immer mehr Unabhängigkeit und hielt sich unter Leuten auf, die jünger und intellektueller waren als die Leute aus meinen Kreisen.

Als ich etwa drei Kilometer von Deauville entfernt eine Villa für uns kaufte, brachte sie keinerlei Freude auf.

»Im Grunde bist du ein Snob, nicht?«

Ich glaube nicht, daß ich ein Snob bin, noch daß ich je einer gewesen bin. Dank eines Spürsinns, den ich mir selbst nicht erklären kann, habe ich viel Geld verdient. Selbst die Depression in Amerika verlief letztlich zu meinen Gunsten, denn ich habe sie kommen sehen und meine Vorkehrungen getroffen.

Es erschien mir natürlich, Rennpferde zu kaufen und Ställe in Maisons-Laffitte zu haben. Im Cutaway und grauen Zylinder hatte ich das Anrecht, auf der Tribüne der Pferdebesitzer zu sitzen.

Ich nenne das nicht Snobismus. Auch nicht, daß ich in einem Privatclub in Deauville mit hohen Einsätzen spielte. Es hat mich eben amüsiert.

Es war spaßig, nichts weiter. Traditionsgemäß hätte ich das Geschäft meines Vaters übernehmen müssen, eine Weingroßhandlung in Mâcon. Ich bin der älteste Sohn, und das Haus, 1812 gegründet, ist immer auf den ältesten männlichen Nachkommen übergegangen.

Wir wohnten am Quai Lamartine in einem großen Bürgerhaus, das vom Keller bis zum Speicher nach

Wein roch. Die alten, aber unschönen Möbel waren stets blankpoliert, ebenso das Kupfer und das Zinn.

Meine Mutter in ihrer Leinenschürze befehligte die drei Hausmädchen und stand oft selbst am Herd.

Ich sehe noch die weißgetünchte Fassade vor mir, die jedes Jahr frisch gestrichen wurde, und das dunkle Büro meines Vaters, aus dem man auf den mit Weinfässern vollgestellten Hof und die Weinkeller sah.

Mein Bruder Léon, drei Jahre jünger als ich, hat meine Position eingenommen, als ich nach Paris ging, und heute ist sein Sohn Julien, der etwas über vierzig Jahre alt sein muß, Chef des Betriebes.

Eben vorhin noch hatte ich mich in meinem Studio im zweiten Stock, wo ich meine Zeitungen las, allein gefühlt, und nun, aufgrund eines Briefes, entdecke ich geheime Fäden, die mich noch immer mit etlichen Menschen verbinden.

Und eins meiner Kinder, das erste, das ich so gut wie nie gesehen habe, hat sich in einer Reparaturwerkstatt in New Jersey erhängt!

Ich bin zu Gabillard, dem Direktor, ins Büro gegangen, und er hat die Stirn gerunzelt angesichts meiner ernsten Miene.

»Schlechte Nachrichten?«

»Ja. Mein Sohn ist gestorben.«

»Welcher?«

»Sie kennen ihn nicht. Er lebte in den Staaten. Er hat sich erhängt.«

Ich habe es absichtlich gesagt, um Gabillard zu schockieren.

»Haben Sie die private Telefonnummer von Eddie Parker?«

Er drückt auf einen Knopf, um seine Sekretärin zu rufen, Mademoiselle Solange, der ich manchmal einen Brief diktiere.

»Haben Sie die private Telefonnummer von Eddie Parker?«

»Sicher. Ich bringe sie Ihnen gleich.«

Während sie draußen ist, spreche ich weiter, als solle es eine Herausforderung sein:

»Meine erste Frau liegt im Krankenhaus.«

»In Paris?«

»In New York.«

»Ist sie in fortgeschrittenem Alter?«

»Zweiundsechzig oder dreiundsechzig Jahre.«

»Ist es etwas Ernstes?«

»Wahrscheinlich Krebs.«

All das sage ich ruhig, als würde ich lediglich Tatsachen berichten. Im Grunde meiner selbst jedoch liegt etwas wie Verzweiflung.

Ein ganzer Abschnitt meines Lebens versinkt in einem Abgrund, und es war mir nicht möglich gewesen, ihn zu umgehen.

Als die Sekretärin zurückkommt und mir eine Karte gibt, auf der eine Telefonnummer steht, bitte ich sie:

»Macht es Ihnen etwas aus, mittags auf mich zu warten? Ich kann mich ein paar Minuten verspäten. Ich muß mit Eddie Parker sprechen.«

Es ist mir immer unmöglich gewesen, um eine Telefonverbindung zu bitten. Genauer gesagt, es irritiert mich.

In welchem Jahr sind wir geschieden worden, Jeanne und ich? Es war nach dem Krieg, im Jahre 1945. Der Krieg hat uns noch mehr auseinandergebracht, denn Jeanne schloß sich der Résistance an. Drei Jahre lang habe ich es nicht gewußt, ich wunderte mich nur über ihre häufigen Reisen in die Provinz. Das war damals mit Schwierigkeiten verbunden, und außerdem reiste sie selten.

Eines Tages überraschte ich sie dabei, wie sie mit einem Paket in der Hand in die Mansarden hinaufging.

»Wo gehst du hin?«

Sie fuhr zusammen, dann sagte sie ruhig:

»Warte auf mich in deinem Zimmer. Ich komme gleich.«

Sie hat mir alles gestanden, auch daß seit mehreren Monaten zwei Männer unter meinem Dach lebten, die ich nicht kannte.

»Bist du mir böse?«

»Nein.«

Das war aufrichtig. Ich war durchaus damit einverstanden, daß sie diese Tätigkeit ausübte.

»Darf ich dich von Zeit zu Zeit um Geld bitten?«

»Ich geb dir gern welches.«

Es war keine Liebe mehr zwischen uns, aber gegenseitige Achtung und, ich glaube, wirkliche Freundschaft.

Hatte sie intimere Beziehungen zu den Männern, mit denen sie in dieser Weise zusammenarbeitete? Ich habe nicht versucht, es herauszufinden, und ich habe sie nicht danach gefragt. Ich bin sicher, daß sie mir vorbehaltlos geantwortet hätte.

Die Zimmer waren zu dieser Zeit fast alle bewohnt. Meine Söhne waren fünfzehn und zwölf Jahre alt. Wir hatten eine Haushälterin, die einen Kopf größer war als ich. Jeanne hat sie nach unserer Scheidung mitgenommen.

Wir gaben uns gegenseitig unsere Freiheit zurück. Sie nahm ihren Mädchennamen wieder an, mit dem sie immer ihre Artikel signierte, und zog in eine Wohnung am Boulevard Raspail.

Dort wohnt sie noch immer, und dort rufe ich sie an, als ich wieder in meinem Büro bin.

»Ist Madame Laurent zu Hause?«

»Nein, Monsieur. Sie können sie in der Zeitung erreichen.«

Sie gibt eine Zeitschrift heraus, in der Rue François Ier. Auch sie ist alt geworden. Alle um mich herum sind alt geworden, und ich kann es kaum glauben, daß es bei mir auch der Fall ist, daß ich in Wirklichkeit der älteste von allen bin.

»Jeanne? Hier...«

»François. Ich erkenne deine Stimme. Ich wollte dich gerade an einem der nächsten Abende anrufen.«

»Warum?«

»Um mich mit dir zu verabreden. Ich möchte gern mit dir plaudern. Aber ich habe meinen Zeitplan für die nächste Woche noch nicht im Kopf. Ich ruf dich nochmal an... Hast du mir etwas zu sagen?«

»Donald ist tot. Er hat sich in seiner Werkstatt in Newark in New Jersey erhängt.«

»Ich kenne Newark.«

Sie ist mehr gereist als ich.

»Hat dir seine Frau geschrieben?«

»Nein, Pat.«

»Was ist aus ihr geworden? Es war sicher seltsam für dich, nach so langer Zeit von ihr zu hören.«

»Sie liegt im Bellevue Hospital, in einem Saal mit zwanzig Patientinnen, und ich muß annehmen, daß sie Krebs hat.«

Kurzes Schweigen.

»Es tut mir leid für dich, François. Die beiden Nachrichten auf einen Schlag ... Hatte Donald Kinder?«

»Drei.«

»Willst du dich darum kümmern?«

»Zuerst einmal schicke ich unseren Geschäftspartner in New York hin.«

Diese Bemerkung veranschaulicht ziemlich genau den Charakterunterschied zwischen Jeanne und mir. Sie an meiner Stelle wäre nach Orly geeilt und hätte das erste Flugzeug nach New York genommen.

Aber wozu sollte ich das? Helen, Donalds Frau, kennt mich nicht, und vielleicht hat er ihr nie von mir erzählt. Meine Enkel kennen mich selbstverständlich auch nicht. Und Pat: Was könnte ich in einem Krankensaal zu ihr sagen?

»Ich weiß nicht, warum ich das Bedürfnis hatte, dich anzurufen ...«

»Es war ganz richtig von dir. Laß dich nicht zu sehr niederdrücken. Ich ruf dich in ein paar Tagen an.«

»Gut.«

Es ist erst zehn Uhr vormittags. Ich gehe hinunter

zum Wagen. Emile hält die Tür auf, und ich steige ein. Im Innern riecht es gut nach Leder.

»Zum Klub?« fragt er.

»Ja, zum Klub.«

Der Nouveau Club in der Avenue Hoche. Ich weiß nicht, warum er so genannt wird. Es gab früher wohl einen anderen Klub, von dem er sich abgesetzt hat.

Ich gehe zuerst in die Umkleideräume in den 2. Stock und ziehe mich für meine halbe Stunde Gymnastik um. Wir sind nur zu viert oder zu fünft in dem Raum voller Geräte, und in einem Ring üben sich zwei etwa vierzigjährige Männer unter dem kritischen Blick des Sportlehrers im Boxen.

Ich frage René, meinen Masseur:

»Sind Sie frei?«

»Ja, Monsieur François.«

Er nennt mich nie Perret-Latour. Es ist ihm offenbar zu umständlich. Im übrigen kennt er mich seit zwanzig Jahren.

Er walkt meinen ganzen Körper durch und unterläßt es selten, mir seine Anerkennung auszusprechen.

»Sie lassen sich wenigstens nicht schlaff werden.«

Das ist freundlich von ihm, obwohl es meinen vierundsiebzig Jahren nichts wegnimmt.

»Gehen Sie noch runter zum Schwimmbecken?«

»Grade auf einen Sprung.«

Der Aufzug bringt mich ins Untergeschoß, wo das Schwimmbecken eingerichtet worden ist. Heute vormittag bin ich allein im Wasser. Ich schwimme zehn Minuten, dann gehe ich hinauf und ziehe mich wieder an.

Mittags bin ich zurück an der Place Vendôme und rufe Mademoiselle Solange zu mir ins Büro.

»Wollen Sie bitte New York für mich anrufen? Parker wird wütend sein, daß er um sechs Uhr morgens geweckt wird. Wissen Sie, ob er verheiratet ist?«

»Jedenfalls ist er es gewesen.«

»Kann man nichts machen. Rufen Sie trotzdem an.«

Ich warte. Pats Brief liegt vor mir.

2

»Eddie?« frage ich mit sanfter Stimme, um seine Reaktion etwas abzuschwächen.

Wie erwartet dröhnt eine wütende, etwas heisere Stimme aus dem Telefonhörer.

»*God! Who can be crazy enough to call me at six in the morning?*«

Er hat das *me* betont, als wäre unter den zwölf Millionen New Yorkern er der letzte, den man zu so früher Stunde stören kann.

»Lieber Gott! Wer kann so verrückt sein, mich um sechs Uhr morgens anzurufen?«

Er ist einen Meter neunzig groß und hat Schultern wie ein Ringer. Neben ihm bin ich ein mageres, zerbrechliches Männchen.

»François!« antworte ich so sanft wie zuvor.

Und da er nicht gleich zu begreifen scheint, füge ich hinzu:

»Perret-Latour.«

»Sind Sie in New York?«

»Nein, in Paris.«

Er muß begriffen haben, daß ich einen schwerwiegenden Grund habe, wenn ich ihn so früh aufwecke.

»*I am sorry.*«

Er geht ebenso leicht wie ich vom Englischen zum Französischen über und vom Französischen zum

Englischen. Er ist in Paris geboren, als sein Vater dort Botschafter der Vereinigten Staaten war, und hat einen Teil seiner Studien in Frankreich absolviert.

Wie alt kann er sein? Fünfundvierzig? Achtundvierzig? Seit einigen Jahren habe ich den Tick, mich zu fragen, wie alt die Leute sind, und dem Bedeutung beizumessen.

Eddie Parker ist *stockbroker,* was bei uns hier ungefähr einem Börsenmakler entspricht. Millionen von Dollars gehen täglich durch seine Hände, viel mehr als in meiner kleinen Privatbank. Es erstaunt mich immer, wenn so junge Leute wie er derartige Verantwortungen übernehmen.

Ich vergesse leicht, daß ich auch erst dreiunddreißig Jahre alt war, als ich mich in der Place Vendôme eingerichtet habe. Noch dazu hatte ich vier Jahre durch den Krieg 1914–1918 verloren, drei Jahre davon war ich bei den Jagdfliegern gewesen.

Heute, wo ich nicht einmal mehr meinen eigenen Wagen lenke, kommt es mir seltsam vor, daß ich einmal Flieger war.

»Tut mir ebenfalls leid, Eddie, aber ich mußte dich so bald wie irgend möglich sprechen.«

»Ich bin um zwei Uhr morgens ins Bett gegangen und habe die halbe Nacht getanzt...«

Will er mir damit zu verstehen geben, daß er nicht allein ist? Ich bin nicht sicher, aber es kommt mir so vor, als habe er sich vor ein paar Jahren scheiden lassen. Das letzte Mal, als er nach Paris kam, war er allein. Ich habe seine Frau in New York getroffen, eine kleine, sehr spritzige Brünette, die nicht stillhalten und mit der man unmöglich ein zusammenhängendes Gespräch führen konnte.

Es muß eine andere Frau sein, mit der er getanzt hat und die Nacht verbringt.

»Ich weiß nicht, ob sie Französisch versteht, aber wenn es vertraulich ist, gehe ich besser in ein anderes Zimmer...«

Er wohnt in der Park Avenue und ist leidenschaftlicher Segler. Nach verschiedenen Geräuschen ist seine Stimme im Apparat wieder zu vernehmen. Sie ist jetzt etwas gesetzter.

»Erlauben Sie, daß ich mir eine Zigarette anzünde?«

Ich höre, wie er das Streichholz anreißt.

»Erinnern Sie sich an Pat?«

»Ich habe sie nie gesehen, aber ich habe von ihr gehört.«

Ich habe vergessen, daß ich ihn zu Pats Zeiten noch nicht kannte.

»Ich habe eben nach über dreißig Jahren Nachricht von ihr bekommen...«

»Sie hatten einen Sohn, nicht wahr?«

»Ja. Hören Sie, Eddie, ich müßte eigentlich sofort nach New York fliegen, aber ich gestehe, daß ich mich nicht dazu durchringen kann. Meine erste Frau liegt im Bellevue Hospital in einem Gemeinschaftssaal.«

»Ist es was Ernstes?«

»Die Ärzte wollen nichts sagen, aber ich nehme an, daß es sich um Krebs handelt. Ich glaube auch, daß sie kein Geld hat. In letzter Zeit wohnte sie in einem Häuschen in der Bronx und arbeitete in einem Hotel. Kennen Sie das Hotel Victoria?«

»Ich bin, glaub ich, mal vorbeigekommen, es liegt auf der West Side bei den Docks.«

»Ihr zweiter Mann ist im Krieg gefallen. Sie bekommt eine kleine Rente. Ich möchte, daß Sie ins Bellevue fahren und sich mit dem behandelnden Arzt unterhalten. Sie sollen sie besuchen und sie in einem Privatzimmer unterbringen lassen, mit einer eigenen Schwester. Und geben Sie ihr soviel Geld, wie sie braucht, fünftausend Dollar oder zehntausend, ich habe keine Ahnung...«

»Ich habe verstanden. Und Ihr Sohn?«

»Bis heute morgen habe ich nichts von ihm gewußt. Nach der Scheidung war ich aus ihrem Leben gestrichen. Sie haben meine Schecks entgegengenommen, ohne mir den Empfang zu bestätigen. Während des Krieges war es nicht möglich, von Frankreich aus welche zu schicken, und als ich gleich danach einige schickte, sind sie im ungeöffneten Kuvert wieder zurückgekommen.«

»Und was ist aus dem Jungen geworden?«

»Er hat sich letzte Woche erhängt.«

»Das tut mir aber leid, François.«

»Ich habe ihn nicht gekannt. Er war verheiratet. Haben Sie was zum Schreiben da?... Notieren Sie die Adresse: 1061, Jefferson Street, in Newark. Es ist eine Reparaturwerkstatt mit Tankstelle an der Stadtausfahrt in Richtung Philadelphia.

Außer seiner Frau hinterläßt Donald drei Kinder. Es

scheint, daß seine Geschäfte schlecht gelaufen sind und er kurz vor der Pfändung stand.«

»Ich verstehe. Sie möchten, daß ich da auch hinfahre und alles regle?«

»Ja, Eddie.«

»Gibt es ein Limit?«

»Nein. Man muß die Schulden bezahlen und sehen, was die Frau und die Kinder brauchen. Der Älteste hat bei seinem Vater in der Werkstatt gearbeitet, ich weiß nicht, ob er in der Lage ist, das Geschäft zu übernehmen.«

»Kann ich Ihren Namen nennen?«

»Ja, das müssen Sie sogar. Sonst wissen sie nicht, was los ist, und jedenfalls wird Pat ihnen ja erzählt haben, daß sie mir geschrieben hat.«

»*Well*, François, wird gemacht. Ich rufe in ein paar Stunden wieder an.«

Keine Beileidserklärungen. Das ist nicht Eddie Parkers Art, und ich habe es auch nicht erwartet.

»Ich danke Ihnen, Mademoiselle Solange. Entschuldigen Sie, daß ich Sie aufgehalten habe, ich dachte, Sie seien weggegangen, nachdem Sie mir die Verbindung durchgegeben haben.«

»Sie hätten mich ja brauchen können.«

Es kommt mir so vor, als würde sie ein wenig erröten, als würde es sie beeindrucken, in den leeren Büroräumen mit mir allein zu sein. Bei den Frauen vergesse ich leicht mein Alter. Sie haben mich lange Zeit hindurch verwöhnt, und ich habe mich gewissermaßen an ein leichtes Spiel gewöhnt. Aber jetzt, wo ich ein alter Mann bin...

»Guten Appetit.«
»Ihnen auch, Monsieur François.«
Ich bin in meine Wohnung hinaufgegangen, wo man mir gleich mitgeteilt hat, daß das Essen serviert ist. Schon seit langem sitze ich allein bei Tisch. Ich lese nicht dabei, wie viele Alleinstehende, ich blicke um mich, schaue zum Beispiel meine Bilder an, ein Cézanne ist dabei und etliche Fauves, auch ein paar Surrealisten wie etwa Magritte, die ich gekauft habe, als noch keiner daran dachte, mit ihren Bildern zu spekulieren.

Im ganzen gesehen, habe ich einen guten Teil meines Lebens damit verbracht, mich mit Dingen zu umgeben, die mir gefallen, und ich habe echte Freude daran gehabt und habe sie noch immer. Auch die Place Vendôme gefällt mir noch so gut wie damals, als ich mich hier eingerichtet habe, ich kenne sie zu allen Tages- und Nachtzeiten, bei jedem Licht.

Es regnet noch immer, derselbe unsichtbare Regen, der den Eindruck hervorruft, als sähe man durch eine beschlagene Fensterscheibe auf die Landschaft. Autos kommen vorbei und Passanten.

Madame Daven bedient mich, und manchmal unterhalten wir uns, während ich esse. Es liegt an mir, damit anzufangen. Sie kommt und geht unauffällig.

»Ich habe einen schlimmen Vormittag hinter mir, Madame Daven.«

Um nichts in der Welt überließe sie es Rose, dem Hausmädchen, mich zu bedienen. Zu der Zeit, als ich oft Gäste empfing, hatte ich einen Oberkellner, aber als ich dann allein war, entließ ich ihn.

Soviel ich weiß, ist Madame Daven etwa vierzig Jahre alt. Über ihre Vergangenheit weiß ich fast nichts. Eine Stellenvermittlung hat sie mir sehr empfohlen, aber sie hat mir keine Zeugnisse gezeigt. Sie ist Witwe, nehme ich an. Sie spricht nie über ihren Mann oder über das Leben, das sie vor ihrer jetzigen Stelle geführt hat.

Sie kümmert sich ganz selbstverständlich um mich, so als wäre es ihre Aufgabe. Als ich vor vier Jahren eine Lungenentzündung hatte, hat sie mich mit so viel Geschick gepflegt, daß Candille sich wunderte.

»Waren Sie Krankenschwester?« hat er sie in meiner Gegenwart gefragt.

Sie begnügte sich mit der Antwort:

»Ich hatte manchmal Kranke zu pflegen.«

Näher hat sie sich nicht erklärt. War es in ihrer Familie? In einem Krankenhaus oder in einer Klinik?

Wir vertrauen uns. Ich habe das Gefühl, daß die Stelle bei mir ihr Leben ist, daß es außerhalb des Hauses nichts für sie gibt.

»Meine erste Frau in New York ist sehr krank, und der Sohn, den ich mit ihr hatte, hat sich letzte Woche erhängt.«

»Leiden Sie darunter?«

Als würde sie mich durchschauen. Nein, ich leide eigentlich nicht darunter. Ich bin bestürzt, sicher. Eher vor den Kopf gestoßen. Stellt sich nicht jeder vor, daß das Leben unverändert weitergeht?

»Wann haben Sie Ihre erste Frau zum letzten Mal gesehen?«

»1928.«

Nur die Pat von damals, jung und fröhlich, habe ich gekannt.

»Hat sie Sie verlassen?«

Madame Daven stellt ihre Fragen mit solcher Einfachheit, daß sie nie indiskret klingen.

»Ja. Sie hat vorgegeben, sie wolle sich nur ein paar Wochen in den Staaten aufhalten. Sie konnte sich an Paris nicht gewöhnen. Mein Sohn war noch ein Baby ... Später habe ich dann erfahren, daß sie die Scheidung eingereicht und durchgesetzt hat.«

»Und trotzdem haben Sie Gewissensbisse, nicht wahr?«

Eben noch war ich davon überzeugt, daß ich keine hätte, daß ich immer meine Pflicht getan habe. Wie hat sie es erraten? Es ist wahr: Seitdem ich diesen mit so dramatischer Schrift geschriebenen Brief gelesen habe, fühle ich eine Last auf dem Herzen. Ich habe Eddie angerufen, habe ihn um sechs Uhr morgens aufgeweckt. Auch diesmal wieder erfülle ich meine Pflicht.

Das genügt jedoch nicht, um mein Gewissen zu beruhigen. Gott weiß, ob alles ferne Vergangenheit ist und ob ich guten Grund habe, Pat zu grollen.

Ich sehe sie als alte Frau vor mir, zum Skelett abgemagert, mit aufgeblähtem Bauch, ähnlich wie die arme Alte, die lange auf dem Gehsteig der Rue de Castiglione Veilchen verkauft hat.

Ich habe vergessen, wie Pat aussah. Irgendwo müssen Photos von ihr sein, ich weiß nicht wo. Ich werde wohl Mademoiselle Solange fragen müssen. Sie ist erst zehn Jahre in der Bank, und wenn sie auch manchmal für mich arbeitet, so ist sie doch nicht mehr meine persönliche Sekretärin. Die frühere Sekretärin, Pauline, die ich manchmal in meinem Büro geliebt habe, hat geheiratet und lebt in Marokko. Sie hat die Photos eingeordnet.

Wozu?

Es ist, als würde Madame Daven langsamer umhergehen als gewöhnlich, ohne das geringste Geräusch zu verursachen, so als wäre Trauer im Haus.

»Unsere Taten folgen uns«, sage ich nicht ohne Bitterkeit.

Und da sie mich überrascht ansieht, füge ich hinzu:

»Ich weiß nicht mehr, wer das gesagt hat, es ist nicht von mir. Der Satz hat sich mir vor langer Zeit einmal eingeprägt, und ich merke immer mehr, wie wahr er ist.«

»Man könnte ebensogut sagen, daß jeder seiner Bestimmung folgt, ob er will oder nicht.«

Nun ist es an mir, sie anzusehen. Sie hat viel gelesen, das wurde mir aus einigen unserer Gespräche deutlich, vor allem auch Werke, die wenige Frauen kennen, die nicht an der Universität waren. Sie scheint auch viel gereist zu sein und in Grandhotels gewohnt zu haben, an der Côte d'Azur, in Italien, in Griechenland und England.

Wahrscheinlich haben sich unsere Wege einmal gekreuzt. Warum hat sie eines Tages bei einer Stellenvermittlung vorgesprochen? Sie hätte in einem Büro, in einer Firma eine Anstellung finden können. Ich habe mich nach einer selbständigen Haushälterin erkundigt und dabei nicht an eine Wirtschafterin gedacht. Sie ist erst mit der Zeit eine geworden, und Rose hat sich nur noch um die Küche und die Putzfrauen gekümmert.

»Wollen Sie in die Staaten reisen?«

Ich habe versucht, auf ihrem Gesicht zu entziffern, was sie wirklich denkt.

»Nein«, gestand ich schließlich. »Ich kann mich nicht dazu aufraffen. Mein Geschäftspartner in New York wird das Nötige veranlassen und mich auf dem laufenden halten.«

Sie hat sich ein Urteil über mich gebildet, das ist klar. Es ist praktisch unmöglich, in ständigem Kontakt mit jemandem zu leben, ohne über seine Handlungsweise ein Urteil zu fällen.

Billigt sie, was ich tue? Findet sie, daß ich hartherzig bin, was man Bankiers gern nachsagt?

Sie müßte wissen, daß das Geld mich nicht um seiner selbst willen interessiert. Natürlich habe ich mich an einen gewissen Luxus gewöhnt, an eine gewisse Handlungsfreiheit, die einem nur viel Geld verschaffen kann. Trotzdem habe ich mir des öfteren schon gewünscht, keines zu haben.

In unserer Familie in Mâcon war das Leben bequem, aber von einer provinziellen Einfachheit, die mir oft zuwider war. Überall war es warm und sicher, die Hausgemeinschaft bildete ein Ganzes, und man war nie allein.

Vielleicht ist es aber nur in meiner Erinnerung so? Mein Vater trank viel. Sein Beruf brachte das mit sich, aber vor allem in den letzten Jahren hat er es übertrieben, und abends bei Tisch sah er uns mit trüben Augen an und wiederholte mit belegter Stimme haargenau das, was er schon mittags gesagt hatte.

Er war sehr dick geworden und ging breitbeinig und mit vorgewölbtem Bauch.

Ich habe nie gehört, daß meine Mutter ihm gegenüber eine Bemerkung darüber gemacht hätte. Er war der Mann, das Oberhaupt der Familie. Auch für uns. Trotzdem bin ich weggegangen, anstatt mich darauf vorzubereiten, seine Stellung als Vorstand des Hauses einzunehmen.

Warum erscheint mir diese Zeit besser als jede spätere? Weil ein gewisser Friede bei uns zu Hause und in der Stadt herrschte?

Die Saône floß friedlich unter unseren Fenstern vorbei, und die Frachtkähne wurden noch von Pferden gezogen. Einige machten vor dem Haus fest und wurden mit Weinfässern beladen, die über die Straße gerollt wurden. Autos gab es nur wenige. Hundert Meter von der Haustür entfernt arbeitete ein Hufschmied.

Nicht wegen des Geldes bin ich nach Paris gegangen, und es war auch keine Flucht. Ist Pat geflohen? Ich würde darauf wetten, daß sie, als sie Frankreich mit Donald verließ, noch nicht wußte, daß sie in Reno die Scheidung einreichen würde.

Ich hätte auch arm sein können. Wirklich arm. Aber was ich am wenigsten ertragen hätte, wäre Mittelmäßigkeit gewesen, eine bestimmte Form von Mittelmäßigkeit, die fast immer von Häßlichkeit begleitet ist.

»Halten Sie Mittagsschlaf?«

Sie weiß, daß ich jeden Tag Mittagsschlaf halte.

Trotzdem fragt sie mich, als wäre das nicht unbedingt sicher. Und es ist auch tatsächlich kein Bedürfnis. Vor vier Jahren, als ich noch selbst die Bank leitete, tat ich es nicht.

Ich schlafe nicht immer. Es ist eher ein Zurückziehen in mich selbst, ein Abschalten. Nach und nach verwirren sich die Bilder in meinem Kopf, Erinnerungen steigen auf, manche ganz unerwartet, fast immer verschwommen, und ich weiß nie, was da an die Oberfläche kommen wird.

Ich entkleide mich nicht, und das Bett wird nicht aufgeschlagen, denn dann hätte ich das Gefühl, krank zu sein. Oder tot. Wenn ich so auf dem Rücken liege, die Hände auf der Brust zusammengefaltet, sehe ich mich manchmal tot, ich stelle mir die Kerzen vor, den Buchsbaumzweig im Weihwasser, das Flüstern um mich herum. Dann nehme ich eiligst meine Hände wieder auseinander.

»Gute Mittagsruhe, Monsieur«, sagt sie und schließt leise die Tür. Nun bin ich allein.

Ich frage mich, ob ich nicht immer allein gewesen bin. Ich war dreimal verheiratet, jedesmal war es aus Überzeugung, jedesmal war ich aufrichtig. Ich habe drei Kinder, oder vielmehr hatte ich drei Kinder, da eins davon ja nun tot ist. Und ich habe Enkelkinder, sowohl in Paris als auch in New Jersey.

Pat liegt allein in ihrem Krankenhausbett und belauert fremde Frauen, die ihrerseits sie belauern, wobei jede herauszufinden versucht, ob die anderen ebenso leiden wie sie.

Es wäre schön, wenn Candille heute abend kommen

könnte. Er kommt von Zeit zu Zeit zu mir zum Essen, wir unterhalten uns den ganzen Abend lang, bewegen uns gemächlich von einem Thema zum anderen. Tagsüber sieht er nur Kranke. Aber vielleicht hat er sich daran gewöhnt.

»Ich glaube nicht, daß sich viele von uns wirklich daran gewöhnen«, hat er mir eines Abends eröffnet, als er gerade zu einem Patienten gerufen worden war. »Zu wissen, daß der Mann oder die Frau, die man verläßt und die einem mit einem Lächeln danken, nur noch einige Wochen oder einige Tage zu leben hat und daß sich das Leben einer ganzen Gruppe von Menschen, einer ganzen Familie, dann verändern wird...«

Was wird sich nach mir ändern? Wer wird die Bank übernehmen? Fremde. Irgendeine Gruppe von Finanzleuten. Oder man beschließt eine Fusion mit einer größeren Bank, wie das inzwischen häufig vorkommt.

Die beiden Söhne, die ich mit Jeanne Laurent hatte, haben keinerlei Neigung gezeigt, mit mir zusammenzuarbeiten. Sie sind aus freien Stücken weggegangen, wie ich damals von Mâcon weggegangen bin.

Ich habe wenigstens noch einen Bruder zurückgelassen, der den Weinhandel weiterführte. Und der Sohn meines Bruders...

Die Vorhänge sind zugezogen. Ich liege mit geschlossenen Augenlidern in der Dunkelheit, die Geräusche der Place Vendôme werden zusehends gedämpfter.

Ich schlafe nicht, aber ich bin kurz davor. Warum hat sie mich gefragt, ob ich Gewissensbisse habe? Ich spreche von Madame Daven. Da man gewöhnlich nachts oder am frühen Morgen stirbt, ist es sehr wahrscheinlich, daß sie es sein wird, die mir die Augen schließt. Vermutlich wird sie mich auch waschen, und das ist es, was ich am Tod am gräßlichsten finde. Man müßte sauber hinübergehen können.

Pat berichtet in ihrem Brief, daß man sie wegbringt, bevor sie sterben. Es muß also in den Krankenhäusern ein Sterbezimmer geben. Danach bringt man sie in eine Art Leichenhalle und desinfiziert die Bettwäsche.

Eddie ist jetzt unterwegs zum Bellevue. Er ist ein Mann voller Leben, fröhlich und energisch. Er denkt nicht daran, daß er eines Tages hier und da Wehwehchen haben wird, kaum wahrnehmbare kleine Schmerzen.

Man zögert, einen Arzt aufzusuchen. Endlich entschließt man sich dazu und erwartet ängstlich sein Urteil, während er einen untersucht.

»Es ist weniger als nichts.«

Am Anfang ist es immer weniger als nichts. Pat hat damit begonnen, abzunehmen und sich nach ihrem Arbeitstag müder zu fühlen als sonst.

Die Alarmglocken läuten immer häufiger, und der Arzt fragt einen mit betont guter Laune aus, um einen zu täuschen.

Bin ich an dem Punkt angekommen? Nein, da bin ich ziemlich sicher. Ich habe einen guten Appetit, meine Verdauung ist einwandfrei, meine Nächte sind fast immer ruhig.

Ich gehe jeden Vormittag in den Klub und mache gewissenhaft meine halbe Stunde Gymnastik, bevor René mich massiert, und danach habe ich noch genug Energie, schwimmen zu gehen.

Jacques, der älteste meiner Söhne, tut nichts dergleichen. Manchmal verläßt er den ganzen Tag nicht seine Galerie in der Rue Jacob. Ich sehe ihn nur selten, er verspürt kein Bedürfnis, mit mir zusammenzusein, es sei denn, er ist in Geldnot.

Ich bringe damit zum Ausdruck, daß er der perfekte Egoist ist, doch ich denke gleichzeitig an meine siebzehn Jahre, an meine Ankunft in Paris, an die so wenigen Briefe, die ich meinen Eltern geschrieben habe.

Während des Krieges 1914 machte ich mir, wenn ich Urlaub hatte, nicht die Mühe, bis nach Mâcon zu fahren, ich machte mir lieber ein paar fröhliche Tage in Paris.

Ich rede nie über den Krieg, was vielleicht komisch sein mag. Ich hasse Leute, die sich mit ihren Kriegserlebnissen brüsten.

Ich will nur sagen, ich habe Glück gehabt. Wie meine Kameraden habe ich Befehle durchgeführt und ein paar deutsche Flugzeuge heruntergeschossen. Ich bin jedoch einer der wenigen meines Geschwaders, die weder getötet noch verwundet wurden. Einmal mußte ich jenseits der feindlichen Linien notlanden, und ich kam wieder heraus, ohne in Gefangenschaft geraten zu sein ...

Mir ist heiß. Ich weise das Bild einer Pat von mir, das mehr und mehr der armen Alten in der Rue de Castiglione ähnelt, und zwinge mich dazu, an nichts mehr zu denken.

Vielleicht war es nicht richtig, daß ich meine Position als Chef der Bank aufgegeben habe?

Ich habe Dr. Candille nicht angerufen, um ihn zu bitten, den Abend mit mir zu verbringen. Ich tue es morgen oder an einem anderen Tag, wenn ich nicht so düsterer Stimmung bin.

Der Nachmittag war unangenehm. Zuerst ein unruhiger Mittagsschlaf mit einem regelrechten Alptraum, ohne daß ich richtig eingeschlafen wäre.

Als Madame Daven dann die Vorhänge öffnete und mir meine Tasse Kaffee brachte, habe ich den Kaffee nicht genossen wie gewöhnlich, ich habe ihn automatisch getrunken, ohne rechte Lust.

»Hat jemand angerufen?«

»Nein, Monsieur.«

Das war im übrigen ganz unmöglich. Parker brauchte Zeit, um zum Bellevue und anschließend nach Newark in New Jersey zu kommen.

Ich vertauschte meinen Morgenrock gegen mein Jackett und ging hinunter in den Telexraum, wo außer Justin Roy, der sich mit der Börse beschäftigt, zwei oder drei Kunden in ihrem Sessel saßen und sich schweigend Notizen machten.

Ich habe mich hingesetzt und wie sie die Zahlen verfolgt, die auf den weißen Papierstreifen erschienen.

Ein Unwohlsein legte sich mir auf den Nacken wie eine böse Vorahnung. Vorhin, als ich unbeweglich auf meinem Bett lag und zu schlafen versuchte, kam es mir so vor, als wären Pats Krankheit und Donalds Selbstmord nur der Beginn einer Serie. Ich bin nicht abergläubisch, aber in Finanzdingen wie beim Kartenspiel hat mich meine Intuition selten getäuscht. Sonst gäbe es auch nicht das Bankhaus Perret-Latour.

Funktioniert diese Intuition vielleicht auch in bezug auf mein Privatleben? Ich weiß es nicht, und ich möchte es auch nicht wissen.

Warum auf einmal eine Serie? Und wer wäre dann das nächste Opfer, bis ich an der Reihe bin?

Ich will nicht daran denken. Ich betrachte die Zahlen mit mehr Aufmerksamkeit und versuche zum Spaß, die kommenden zu erraten, was mir fast immer gelingt.

Um fünf Uhr gehe ich wieder in mein Büro und frage Mademoiselle Solange, ob ein Anruf aus New York gekommen ist. Es regnet immer noch, und jetzt ist es ein richtiger Regen, der vor den grauen Häuserwänden in Streifen niedergeht. Die Säule in der Mitte des Platzes glänzt schwarz. Es ist so dunkel, daß ich Licht machen muß wie die Geschäfte auf dem Platz.

Ich lese die Nachmittagszeitungen und rauche doppelt soviele Zigaretten wie gewöhnlich. Erst abends nach dem Essen rauche ich ab und zu eine Zigarre in meinem Sessel, als wäre es eine Belohnung, die ich mir zugestehe.

Das geht sicher zurück auf meine Kindheit. Auf dem Kamin im Salon stapelten sich drei bis vier Zigarrenkisten, und mein Vater öffnete sie nur, wenn wir Gäste oder einen wichtigen Kunden zu Besuch hatten.

Um sechs Uhr rechne ich mir aus, daß in New York jetzt Mittag ist. Die Bank ist seit vier Uhr geschlossen, aber das Personal hat noch bis jetzt gearbeitet. Ich sehe Mademoiselle Solange im hellen Regenmantel, mit einem Hut von gleicher Farbe auf dem Kopf.

»Brauchen Sie mich noch?«

»Nein, danke, meine Liebe. Guten Abend.«

Wo geht sie hin? Was für ein Privatleben hat sie? Ich habe nicht die geringste Vorstellung davon. Diese Frage habe ich mir oft gestellt, als ich noch die Bank leitete und alle Angestellten kannte. Genauer gesagt, als ich sie während ihrer Büroarbeit kannte, mit der sie gut ein Drittel ihrer Zeit verbrachten.

Aufgrund dieses einen Drittels habe ich sie beurteilt. Ich glaube, daß es für einige unter ihnen, vor allem für die Abteilungsleiter, das wichtigste Drittel des Tages war und daß sie zu Hause nur grauen Alltag mit kleinen Ärgernissen vorfanden, wo Autorität oder Prestige nicht mehr zählten.

Wir plaudern ein paar Minuten, Gabillard und ich. Er ist gut als Direktor. Er ist noch ziemlich jung und kann noch lange auf seinem Posten bleiben. Er käme sicher nie auf die Idee, daß ich ihn beneide.

Meine Gedanken, meine Stimmungen fügen sich aneinander, so wirr wie sie gerade kommen. Einige Gedanken sind lächerlich, etwa der, den ich eben hingeschrieben habe. Ich habe keinerlei Grund, Gabillard zu beneiden, und ich beneide ihn auch nicht wirklich.

Es ist ein unausgegorener Gedanke, wie sie einem kommen, wenn man niedergeschlagen ist. Würde ich Gabillard wegen seines Alters beneiden, wegen der Zeit, die ihm noch zu leben bleibt, warum sollte ich dann nicht gleich ein Baby beneiden, das erst ein paar Tage alt ist.

Ich hatte das Glück, in meinem Leben fast alles verwirklichen zu können, was ich mir vorgestellt hatte. Bisher bin ich verschont geblieben von den meisten seelischen oder körperlichen Leiden, die die Mehrzahl der Menschen heimsuchen.

Heißt das aber, daß ich gern noch einmal von vorn anfangen würde? Es ist nicht das erste Mal, daß mir der Gedanke kommt, und jedesmal ist die Antwort ein Nein gewesen. Weder ganz noch teilweise. In jedem Lebensabschnitt finde ich im nachhinein Störendes, Unvollkommenes.

Oft schäme ich mich für den Mann, der ich in diesem oder jenem Augenblick gewesen bin.

Warum mich also beklagen? Im übrigen beklage ich mich ja nicht. Die Nachrichten aus Amerika haben mich härter getroffen, als ich dachte, und es wird Zeit, daß ich aufhöre, mich zu quälen. Vielleicht ist das der Grund, warum ich so ungeduldig auf Eddies Anruf warte.

Ich bleibe bis sieben Uhr allein in den Büroräumen, dann lösche ich die letzten Lichter, versichere mich, daß das Alarmsystem eingeschaltet ist und schließe die Doppeltür hinter mir.

Es hat hier in der Bank noch nicht den kleinsten Diebstahlversuch und noch nicht einen unehrlichen Angestellten gegeben!

Im zweiten Stock trete ich in den Salon und gehe dort mit den Händen auf dem Rücken auf und ab. Der Salon ist sehr groß, ich habe darin schon zweihundert Leute empfangen.

Das Buffet wurde dann unter dem großen Bild von Picasso aufgestellt, das ich gleich nach dem Krieg gekauft hatte. Es ist nicht so berühmt wie die Demoiselles d'Avignon, aber ich mag es lieber. Ich habe nie ein

Kunstwerk wegen seines Marktwertes oder zum Spekulieren gekauft.

Ich weiß nicht, warum ich um 1936 plötzlich aufgehört habe, Galerien und Ateliers aufzusuchen. Es gab einen Einschnitt. Die heutige Kunst läßt mich kalt. Das liegt allein an mir, denn es gibt keinerlei Grund, warum die Künstler von heute weniger genial oder talentiert sein sollten als die von gestern oder vorgestern.

Zweifellos kann jeder von uns nur eine ganz bestimmte Strecke durchlaufen. Ich habe die Impressionisten geliebt, dann die Fauves. Ich habe einen Vlaminck von 1908, einen Schleppdampfer auf einer blutroten Seine, der eine ganze Ecke des Salons ausleuchtet.

Ich habe auch einen Braque, und ich habe mich weiter für die Malerei begeistert bis zum Ende des Surrealismus, soweit man sagen kann, daß er zu Ende ist.

Es wird Zeit, daß Eddie anruft. Ich liebe meinen Salon. Ich liebe die Wohnung, so wie ich sie entworfen und eingerichtet habe. Ich liebe auch die Place Vendôme und ihre raffinierte Architektur, ihre ausgewogenen Proportionen.

Wird es in ein paar Jahren noch Leute geben, die eine Wohnung wie die meine bewohnen? Das ist unwahrscheinlich. Die Welt verändert sich, und das ist normal. Ich bin der erste, der Veränderungen zustimmt, und unterdessen genieße ich ein bißchen verschämt das, was mir noch bleibt.

Mein Sohn Donald, der nicht Französisch sprach und sich sicher wunderte, daß er Perret-Latour hieß, ist gestorben, weil er das wenige Geld nicht hatte, um seinen bescheidenen Betrieb flott zu halten. Wenn er sich an mich gewandt hätte, ich hätte ihm ohne zu zögern geholfen. Ich hätte ihm alles gegeben, was er verlangt hätte.

Auch Pat, die in einem zweifelhaften Hotel im Hafenviertel arbeitete, statt mir von ihren Schwierigkeiten zu berichten, hätte ich alles gegeben.

Beide haben mich abgelehnt, und ich frage mich warum. Ich bin mir nicht bewußt, daß ich es verdient hätte. Sie wußten, daß ich während des Krieges keine Verbindung mit ihnen halten konnte. Warum haben sie danach meine Schecks zurückgeschickt, ohne überhaupt den Umschlag zu öffnen? Oder war Pat umgezogen?

Die Armen schämen sich, und nach dem Tod ihres Mannes gehörte sie zu den Armen.

Im Grunde hat es mich nicht weiter beunruhigt, und ich habe kaum mehr an die beiden gedacht. Daher war ich heute morgen so überrascht zu erfahren, daß Donald bereits ein Mann von zweiundvierzig Jahren war und drei Kinder hatte, darunter einen Sohn von zwanzig Jahren. Ich muß immer wieder nachzählen, bei meinen anderen Kindern auch. Es geht alles so schnell, und die meisten Menschen hetzen sich noch dazu ab, damit es noch schneller geht.

Ich öffne das Likörschränkchen aus Mahagoni und gieße mir ein Glas alten Portwein ein. Ich trinke wenig. Ich bin nie das gewesen, was man einen Trinker nennt, Gott sei Dank.

Ich höre, wie im Eßzimmer der Tisch gedeckt wird; bald wird man mir melden, daß das Essen fertig ist.

Parker wird mich voraussichtlich mitten im Essen anrufen.

Nein. Das Telefon läutet. Ich stürze zum Apparat, hebe ab und setze mich in einen Sessel.

»Hallo! François?«

Es ist nicht Eddie, es ist Jeanne Laurent.

»Guten Abend, Jeanne.«

»Störe ich?«

»Ich warte noch immer auf den Anruf aus New York. Vielleicht kommt er aber erst viel später.«

»Bist du sehr bedrückt?«

»Nicht allzusehr.«

»Ich habe auch die ganze Zeit an Pat gedacht. Wie alt ist sie eigentlich, das arme Mädchen?«

»Zweiundsechzig.«

»Und ich bin sechzig...«

Sie sagt nicht die arme Frau, sie sagt das arme Mädchen.

»Ich nehme an, du hast vielleicht keine Lust, daß ich heute abend zu dir komme?«

Möchte ich, daß sie kommt? Ich sage ziemlich träge:

»Warum solltest du nicht kommen?«

»Nein. Es ist nicht der richtige Tag dafür. Außerdem gibt es nichts Dringendes.«

»Gibt es bei dir auch Probleme?«

»Nein...«

»Eins der Kinder?«

»Auch nicht.«

»Wie geht's Nathalie?«

Nathalie wird sechzehn. Sie ist meine Enkelin, die

Tochter von Jacques, demjenigen meiner Söhne, der eine Gemäldegalerie in der Rue Jacob hat. Er hat sehr jung geheiratet, ein hübsches, lebenslustiges Mädchen, das vier Jahre später bei einem Autounfall getötet wurde. Jacques hat nicht wieder geheiratet. Er begnügt sich mit Liebschaften, die nie lange dauern.

Jeanne Laurent hat Nathalie zu sich genommen, sie wohnen zusammen in der Wohnung am Boulevard Raspail.

Nathalie besucht mich bisweilen, und ich habe immer den Eindruck, daß sie mich erstaunt, vielleicht sogar ironisch ansieht.

»Es geht ihr gut. Sie geht für meinen Geschmack ein bißchen zu viel aus, aber sie verträgt es offenbar. Ich ruf dich in zwei oder drei Tagen wieder an.«

»Ich freu mich drauf.«

»Gute Nacht, François.«

»Gute Nacht, Jeanne.«

Früher haben wir uns im Bett gute Nacht gesagt. Das alles ist seltsam und verwickelt. Ich leere mein Glas, dann gehe ich ins Eßzimmer und esse zu Abend, ohne von einem Telefonanruf unterbrochen zu werden. Madame Daven läuft um mich herum, und wir wechseln zwischendurch ein paar Worte.

Dann sitze ich wieder allein in meinem ganz in Leder gehaltenen Studio. Mir ist nicht nach Lesen zumute. Ausgehen kann ich auch nicht. Kurz vor neun Uhr läutet das Telefon endlich. New York ist am Apparat und fast gleich darauf Eddies kräftige Stimme.

»*Hello*, François. *I am sorry...*«

Dann spricht er französisch.

»Tut mir schrecklich leid, daß es so spät geworden ist, aber als ich vorhin zurückkam, mußte ich mich noch um eine wichtige Sache kümmern.«

In New York ist es drei Uhr, eine der betriebsamsten Tageszeiten, vor allem für einen Finanzmann.

»Hast du Pat gesehen?«

»Ja.«

»Wie geht es ihr?«

»Schlecht. Sie hat mich erstaunt angestarrt, als hätte sie nicht erwartet, *mich* zu sehen. Ich habe ihr erzählt, daß ich in deinem Auftrag komme, daß ich ein Freund von dir bin, und daß ich arrangiert habe, daß sie ein Einzelzimmer bekommt.

Sie hat die Stirn gerunzelt und die Betten um sich herum angeschaut. Ich habe gemerkt, daß sie zögerte. Schließlich hat sie den Kopf geschüttelt.

›Nein. Ich bleibe lieber hier. Alleine werde ich mich langweilen.‹

›Sie bekommen eine eigene Schwester, die die ganze Zeit über bei Ihnen bleibt.‹

Sie hat nochmal überlegt. Sie ist eine Frau, der man ansieht, daß sie viel nachgedacht hat.

›Eine Schwester, das ist nicht dasselbe …‹

Sie verstehen, François, die Anwesenheit der anderen Kranken würde ihr fehlen.

Ich habe ihr gesagt, daß ich fünftausend Dollar für sie bei der Krankenhausverwaltung hinterlegt habe, und sie hat gesagt:

›Für die Beerdigung?‹

Ich habe ihr auch gesagt, daß du dich freuen würdest, wenn sie wieder gesund wird. Da hat sie gefragt:

›Ist er nicht krank? Er ist ja doch viel älter als ich.‹

Entschuldigen Sie, François, aber ich dachte, Sie möchten gern alles wissen.

Erst als ich ihr sagte, daß ich nach Newark fahren werde, ist sie neugierig geworden.

›Glauben Sie, daß er ihnen heraushilft? Helen ist eine gute Frau, sie ist wirklich zu loben. Bob, der Älteste, ist ein fähiger Junge, und ich bin sicher, wenn man ihm die nötigen Mittel gibt...‹

›Ihr früherer Mann hat mich beauftragt, sie ihm zu geben.‹

›Auch wenn es sich um eine große Summe handelt?‹

›Ich soll alles Nötige veranlassen.‹

›Na gut. Danken Sie ihm in meinem Namen.‹

Es war klar, daß das alles war, daß ich ihr nichts mehr sagen konnte, was sie noch interessiert hätte. Außerdem hat sie die Augen zugemacht, wie um mir zu verstehen zu geben, daß sie nicht möchte, daß ich noch länger bleibe.«

»Haben Sie mit dem behandelnden Arzt gesprochen?«

»Ich habe ihn im Gang getroffen, als er Visite machte. Er heißt Feinstein, und ich hatte den Eindruck, daß er ein fähiger Mann ist.

Auch sehr gewissenhaft. Bevor er meine Fragen beantwortet hat, wollte er wissen, wer ich bin, warum ich mich für Pat interessiere und wer mich über die Lage informiert hat.

›Sie hat recht‹, hat er mir erklärt, als ich von dem Einzelzimmer sprach. ›Eine Frau wie sie braucht Menschen um sich.‹

›Ich nehme an, es handelt sich um Krebs?‹

›Gebärmutterkrebs, ja. Der Tumor scheint sich schnell auszubreiten, und der Chirurg zögert noch mit der Operation. Wir versuchen, die Zellen zu vermindern, bevor wir einen Eingriff wagen.‹

›Hat sie Aussichten durchzukommen?‹

›Wenn die Operation gelingt, hat sie noch ein Jahr oder zwei, vielleicht drei ...‹

›Wird sie dann normal leben können?‹

›Sie kann leben ...‹

›Sie wird eine Kranke bleiben?‹

›Mit Sicherheit.‹

›Was machen Sie unter diesen Umständen?‹

Er hat den Sinn meiner Frage verstanden und mich ziemlich kühl angeschaut, als hätte ich seine Berufsehre angegriffen.

›Alles, was möglich ist‹, hat er hingeworfen.

Als ich mich zuletzt entschloß, vom Geld zu reden, hat er mich gebeten, mich an die Verwaltung zu wenden, und ist in einem der Säle verschwunden.

Soweit Pat. Tut mir leid, daß ich keine besseren Nachrichten für Sie habe.

Anschließend bin ich nach Newark gefahren. Die Werkstatt mit der Tankstelle war ziemlich leicht zu finden. Eine Frau mit müdem Gesicht und schlecht frisierten Haaren saß in einem Glaskäfig im hinteren Teil der Werkstatt, der als Büro benutzt wird.

Sie ging mit einem Stift in der Hand einen dicken Stoß Rechnungen durch und schrieb Zahlenkolonnen auf einen Block.

Sie muß mal ziemlich hübsch gewesen sein. Sie ist

blond, aschblond, hat einen sehr hellen Teint und ist vermutlich nie besonders gesund gewesen.

Ich habe ihr erzählt, wer ich bin und daß ich in Ihrem Auftrag komme. Ein junger Mann im blauen Monteuranzug, der an einem Auto arbeitete, kam ins Büro und schaute mich von oben bis unten mißtrauisch an.

›Was will er?‹ hat er seine Mutter gefragt.
›Er kommt im Auftrag deines Großvaters.‹
›Der existiert also noch?‹
›Sie sind Bob?‹ habe ich ihn gefragt.
›Ja, und?‹
›Trauen Sie sich zu, den Betrieb weiterzuführen?‹
›Warum soll ich es mir nicht zutrauen?‹
›Macht es Ihnen Spaß?‹
›Ich bin gelernter Mechaniker, oder?‹
›Wieviel brauchen Sie, um alle Gläubiger zu bezahlen?‹

Er wandte sich zu seiner Mutter und zog die Augenbrauen zusammen.

›Wer hat ihm das alles erzählt?‹
›Anscheinend hat deine Großmutter nach Paris geschrieben.‹
›Gut. Wir haben Schulden, das stimmt, aber viel weniger, als man denkt, und ich für meinen Teil glaube nicht, daß das der Grund für die Handlungsweise meines Vaters ist. Denn das hat sie Ihnen wohl auch erzählt. Er hat aus Korea das Fieber mitgebracht, das hat ihn von Zeit zu Zeit überfallen und aus der Bahn geworfen. Das geht nur uns was an... Was die Schulden betrifft: Was denkst du, Ma?‹

›Ich denke, mit zehntausend Dollar . . .‹
Ein fünfzehnjähriger Bub kam von der Schule heim und beobachtete uns durch die Glasscheibe. Auch er hat die Augenbrauen zusammengezogen. Die ganze Familie ist durch die Tat des Vaters merklich traumatisiert.«

»Wie ist es ausgegangen?«

»Ich habe ihnen einen Scheck über zwanzigtausend Dollar ausgestellt. Sie trauten ihren Augen nicht und bewahrten ein gewisses Mißtrauen. Jeder von ihnen hat den Scheck zwei- bis dreimal gelesen.

›Ihr Schwiegervater wird Ihnen schreiben‹, habe ich der Frau versprochen. ›Er wird Ihnen bestätigen, daß Sie sich an ihn wenden können, wenn Sie irgendwelche Schwierigkeiten haben.‹«

Ich höre Eddie zu und versuche mir die Szene vorzustellen, die Blicke der beiden Jungen, von denen einer vor dem Glasverschlag steht, und die müderen von Helen, die ich nie gesehen habe. Ein Mädchen gibt es auch, aber von ihr wird nicht gesprochen, vermutlich war sie noch in der Schule.

»Soweit ich es beurteilen kann, sind sie erleichtert, daß ihre Probleme ein Ende nehmen. Gleichzeitig bedrückt sie etwas. Es kommt zu unerwartet für sie, beinahe ist es verdächtig geheimnisvoll. Sie hätten es ganz offensichtlich vorgezogen, wenn ihnen von woanders her Hilfe gekommen wäre.«

»Ich denke, ich kann das verstehen.«

Ich bin erstaunt, das muß ich zugeben, den abgebrühten Kerl Eddie Parker mit Überzeugung sagen zu hören:

»Ich auch.«

Ich hätte nicht geglaubt, daß er der Mann ist, derlei Bedenken zu verstehen.

»Ich danke Ihnen, Eddie.«

»Nichts zu danken. Ich habe getan, was ich konnte. Ich habe ihnen versprochen, in ein paar Tagen wiederzukommen. Ich hab mich nicht getraut, ihnen anzubieten, daß einer unsrer Rechnungsführer ihnen helfen kann, ihre Angelegenheiten zu regeln.«

»Das war auch klüger.«

»Ja, ich denke. An Ihrer Stelle würde ich ihnen schreiben. Auch Ihrer ehemaligen Frau.«

»Vielleicht, ja.«

»Ist was?«

»Ich bin nur ein bißchen benommen. Das geht vorüber.«

»Gute Nacht. Bei Ihnen ist ja jetzt Nacht.«

»Schönen Nachmittag noch, Eddie. Und nochmals danke.«

Ich lege langsam den Hörer auf. Tiefe Stille überfällt mich, und einen Augenblick lang habe ich das Gefühl, daß ich der einzige auf meinem Stockwerk, im ganzen Haus bin, daß mich alle verlassen haben.

Trotzdem bleibe ich in meinem Sessel sitzen und drücke nicht auf den Klingelknopf. Ich fürchte die Gegenwart von anderen.

Es ist alles so leer ... Mein Leben ist so ...

Nein! Jetzt richte ich mich auf. Ich werde mich nicht gehenlassen. Ich gehe zurück in den Salon, wo es dunkel ist, und mache alle Lichter an, auch den großen Lüster. Wie für einen Empfang, für ein Fest. Ich gehe auf und ab, die Hände in den Hosentaschen. Und ich bedaure es, daß mich die Fensterläden daran hindern, auf die Laternen der Place Vendôme hinunterzusehen und auf die vereinzelten Gestalten, die sicher im Regen über den Platz gehen.

Ich überlege, ob ich mir eine Zigarre anzünden soll. Ein dutzend Mal gehe ich durchs Zimmer und schaue mir jedes Bild an, jedes Möbel, jeden Gegenstand.

Haben all diese Dinge nicht ein wenig Anteil an meinem Leben, an dem, was ich zu dieser oder jener Zeit gewesen bin? Ich könnte jedes Ding mit einem Datum belegen, sagen, unter welchen Umständen und in welcher Stimmung ich es erworben habe.

Wie werden sie das alles aufteilen? Denn das wird kompliziert werden. Und wie wird meine Pariser Familie meine Erben aus Amerika aufnehmen?

Dieser Gedanke zwingt mir ein leises Lächeln ab. Für einen flüchtigen Augenblick habe ich den Eindruck, daß ich ihnen allen einen Streich gespielt habe.

Das wirkt belebend. Ich fühle mich wieder als Herr der Lage. Ich mache die Lichter aus, gehe durch das Studio in mein Schlafzimmer und rufe Madame Daven.

»Ich nehme, glaube ich, besser ein Schlafmittel. Welches hat mir letztes Mal so gut geholfen?«

»Ich bringe es Ihnen.«

Die Bettdecke ist zurückgeschlagen, mein Schlafanzug ist darauf ausgebreitet, die Ärmel in einer komischen Stellung.

Eine viertel Stunde später schlafe ich ein, es gibt nur noch das Öffnen der Vorhänge am nächsten Morgen, eine bleiche Sonne am Himmel und den Duft von Kaffee.

3

Ich bin seit fünf nach neun in meinem Büro, und die Place Vendôme draußen vor dem Fenster ist hell und freundlich. Dennoch ist es windig, denn die leicht vergoldeten weißen Wolken fliehen schnell über den Himmel, und die Passanten halten ab und zu ihren Hut fest, der von einem heftigen Windstoß bedroht wird.

Es ist nicht mehr Sommer, und es ist noch nicht richtig Herbst, obwohl ich gestern, als ich über die Champs-Elysées zur Avenue Hoche ging, schon braune Blätter auf der Straße gesehen habe.

Ich überlege, ob ich Mademoiselle Solange rufen soll, um ihr die beiden Briefe zu diktieren, die ich schreiben muß. Ich schreibe nur mit der Hand, wenn es unumgänglich ist, gewöhnlich kurze Höflichkeitsbriefchen, um eine Einladung abzulehnen oder anzunehmen.

Auch meine Schrift ist ein wenig zittrig geworden. Das stört mich, denn ich sehe darin ein Zeichen des Alters. Nach ein paar Zeilen beginnt meine Hand zu zittern.

Zuerst Pat. Was soll ich ihr sagen? Ihr körperlicher Zerfall geht mir sehr nahe. Ich würde ihr einen schöneren Tod wünschen, aber ich kann da nichts ausrichten.

Sie ist meine Frau gewesen. Als wir in New York

heirateten, dachten wir alle beide, wir würden unser ganzes Leben zusammen verbringen, wir seien uns gegenseitig unentbehrlich.

Wir haben im selben Bett geschlafen, unsere Körper waren eins. Sie hat mir einen Sohn geschenkt, wie man so sagt. Ich mag diese Formulierung nicht. Warum soll es ein Geschenk der Frau sein, wenn sie ein Kind gebärt?

Fast vierzig Jahre lang habe ich nichts mehr von ihr gehört, und es hat mir nichts ausgemacht. Sie ist mir gewissermaßen von einem Tag auf den anderen fremd geworden und es geblieben.

Das sieht nicht nach dem aus, was man sich mit zwanzig Jahren unter Liebe vorstellt. Bin ich unfähig zu lieben? Wenn das so ist, ist sie es auch. Und noch so viele andere aus meinem Bekanntenkreis, die ein Paar gewesen sind und die ich später einzeln wiedertraf.

»*Meine liebe Pat*...«

Ich schreibe natürlich auf englisch. Wenn sie in Paris schon nicht Französisch gelernt hat, hat sie es in New York erst recht nicht getan. Ich gebe mir Mühe, die Buchstaben größer und klarer zu schreiben als gewöhnlich, damit sie meinen Brief leichter lesen kann.

»*Ich bin sehr traurig darüber, daß es Dir so schlecht geht und Du im Bellevue liegst. Ich würde Dich gern besuchen, aber es ist mir im Augenblick unmöglich, Paris zu verlassen.*«

Das ist platt und konventionell, und ich nehme mir meine Kälte, meine Teilnahmslosigkeit übel. Wenn ich gestern so benommen war – denn das war ich wirklich

–, dann im Grunde weder aus Mitleid mit ihr noch mit meinem Sohn.

Der wahre Grund ist, daß ich ein Stück Vergangenheit entschwinden sah. Mir wurde bewußt, daß diese Vergangenheit sehr weit weg war und daß die Zukunft mit schwindelerregender Geschwindigkeit zusammengeschmolzen war und weiterhin zusammenschmolz.

Pat war eine dem Tod geweihte alte Frau geworden!

»Ich habe Dir einen Freund von mir geschickt, damit er sich um Dich kümmert und das Notwendige veranlaßt, damit Du so angenehm wie möglich leben kannst. Ich kenne ihn schon seit langem. Er hat mich angerufen, nachdem er bei Dir war, und mir erzählt, daß Du sehr tapfer bist.«

Das stimmt nicht, aber es gefällt den Menschen, wenn sie sich für tapfer halten können.

»Er hat auch mit Doktor Feinstein gesprochen, und er hat einen ausgezeichneten Eindruck von ihm. So wie es aussieht, ist er ein erstklassiger Arzt und nimmt großen Anteil an Dir. In Bälde wirst Du Dich vielleicht einem kleinen chirurgischen Eingriff unterziehen müssen, und dann wirst Du Deine alte Kraft wiederfinden.«

Wird man mich auch derart bedenkenlos anzulügen versuchen? Und werde ich mich nicht einwickeln lassen wie alle anderen auch?

»Was mit Donald geschehen ist, hat Dich sicher zutiefst erschüttert. Auch mir, der ich ihn so lange nicht gesehen habe, geht es sehr zu Herzen. Nach dem, was mir mein Freund Parker von seiner Familie erzählt hat, ist er im Koreakrieg schwer an seiner Gesundheit geschädigt worden, und ich bedaure es sehr, daß er sich mit seinen Schwierigkeiten nicht an mich gewandt hat.

Parker hat seine Frau und den älteren seiner beiden Söhne gesprochen. Helen ist eine gute Frau, und Bob ist ungewöhnlich reif für sein Alter. Sie werden die Werkstatt und die Tankstelle weiterführen. Es wird das Nötige getan werden, um die Gläubiger abzufinden, und in Zukunft werden sie keine Probleme mehr haben. Du kannst Dich da ganz auf mich verlassen.

In den nächsten Wochen werde ich sehen, ob ich nach New York kommen kann.«

Das entspricht nicht der Wahrheit. Ich habe nicht die Absicht, mir die Gespenster aus nächster Nähe anzusehen. Und außerdem mache ich keine Reisen mehr.

»Ich hoffe, Dich wohlauf vorzufinden, und ich werde meine Enkelkinder umarmen ...«

Ich schäme mich für diese dumme, sentimentale Formulierung. Ich helfe ihnen und werde ihnen weiter helfen, gewiß. Sie stehen in Beziehung zu mir. Aber ich habe keine Gefühle für sie.

*»Sei weiterhin tapfer und geduldig.
Bis bald, meine liebe Pat.
Ich küsse Dich.«*

Ich habe gezögert, bevor ich die letzten Worte schrieb, denn es wäre mir wahrscheinlich peinlich, sie tatsächlich zu küssen. Beinahe hätte ich mit meinem ganzen Namen unterzeichnet, wie ich Geschäftsbriefe unterzeichne. Ich habe rechtzeitig nach dem Vornamen aufgehört.

Dieser Brief hat mich mehr Anstrengung gekostet als ein Arbeitstag noch vor einigen Jahren. Ich gehe zum Fenster, zünde mir eine Zigarette an und betrachte die Fassade des Ritz hinter der bronzenen Säule. Tauben flattern um sie herum. Ich habe nie auf die Tauben geachtet, ich weiß nicht warum. Sie gehören eben einfach dazu.

Am besten schreibe ich auch gleich noch den zweiten Brief. An wen soll ich schreiben? An meine Schwiegertochter? Ich kenne sie nicht, ich weiß nichts über sie außer dem, was mein Freund Eddie mir gestern abend am Telefon erzählt hat. Über den ältesten meiner Enkelkinder weiß ich ebensowenig. Meine liebe Helen? So schreibt man nicht einer Fremden.

»Mein lieber Junge ...«

Das ist weniger persönlich, und schließlich ist er es, der für die kleine Familie in Newark wird sorgen müssen.

»Als ich gestern morgen den Brief Deiner Großmutter bekam, in dem stand, welches Unglück ...«

Nein! Das geht zu weit.

»..., in dem stand, was geschehen ist, wäre ich am liebsten in ein Flugzeug gestiegen, um Euch alle zu besuchen. Nun bin ich aber nicht mehr der Jüngste, und im Augenblick sind mir lange Reisen untersagt.«

Es widerstrebt mir, so von meiner Gesundheit zu sprechen, vielleicht aus Aberglauben. Ich bin durchaus in der Lage, mehrere Stunden im Flugzeug zu verbringen. Aber ich bringe es nicht über mich, meinen Brief noch einmal von vorn zu beginnen.

»Auch bedaure ich es, nie etwas von Deinem Vater gehört zu haben, und ich meinerseits hatte seine Adresse nicht. Ich hätte ihm gern geholfen. Dazu ist es nun zu spät, was ihn betrifft. Aber ich möchte, daß Deine Mama und Ihr drei keine Sorgen mehr habt.«

Bei dem Wort Mama bin ich rot geworden. Das ganze kommt mir wie ein Unrecht vor, beinahe wie Verrat. Ich pflege weder so zu sprechen noch so zu denken. Man könnte glauben, daß ich mich von irgendeiner Schuld loskaufen will, aber ich fühle mich gar nicht schuldig.
Habe ich mich gestern vielleicht schuldig gefühlt? Auch nicht. Nicht ihnen gegenüber.

*»Mein Freund Eddie Parker hat Dich besucht und Dir sicher seine Adresse hinterlassen. Du kannst vollstes Vertrauen zu ihm haben, ich kenne ihn seit langem. Er besorgt meine Geschäfte in den Vereinigten Staaten.
Er hat mir am Telefon erzählt, daß Du einen groß-*

*artigen Eindruck auf ihn gemacht hast. Ich hoffe also,
daß Du unter den besten Bedingungen arbeiten
kannst, und ich bin sicher, daß Du in Deiner Mutter
eine wertvolle Stütze hast.*

*Auch von ihr hat mir mein Freund Parker nur Gutes
erzählt. Es tut mir nur leid, daß sie überanstrengt ist,
aber das ist unter den gegebenen Umständen ja verständlich.*

*Ich denke an sie, sie kann immer auf mich zählen.
Grüße Deinen Bruder und Deine Schwester von ihrem
fernen Großvater.*

*Ich möchte Euch recht bald alle kennenlernen.
Herzlichst.«*

Uff! Ich wage es nicht, das noch einmal durchzulesen.
Ich klebe schnell die beiden Umschläge zu und werde
sie der Sekretärin bringen, bevor ich in Versuchung
komme, sie zu zerreißen.

»Mit Eilpost bitte, ja?«

»Expreß?«

»Luftpost und Expreß, ja.«

Ich lasse mich nicht davon abhalten, mich zum Klub
zu begeben, meine halbe Stunde Gymnastik zu machen, die Massage zu nehmen und ein wenig zu
schwimmen. Als ich aus dem Haus in der Avenue
Hoche komme, hat sich der Wind gelegt, die Sonne
scheint fast heiß.

»Erwarten Sie mich am Rond-Point«, sage ich zu
Emile.

Ich habe das Bedürfnis, ein wenig in der Menge herumzulaufen. Es kommt vor, daß ich erstaunt die Leute ansehe, die mir entgegenkommen, als würde ich Wesen von einem anderen Planeten begegnen.

Eigentlich habe ich zu jung schon Erfolg gehabt. Ich meine materiellen Erfolg. Selbst im Quartier Latin ist es mir nicht schlecht gegangen, denn mein Vater hat mir genug Geld geschickt, ich hatte alles, was ich wollte.

Ich konnte sogar fast zwei Jahre lang mit Rosalie Bouillet, einem netten, unkomplizierten Mädchen, einen gemeinsamen Haushalt führen; vielleicht war sie die beste von allen, die ein Stück meines Lebens mit mir geteilt haben.

Ich habe sie auf einem der gelben Stühle im Luxembourg kennengelernt, vielleicht auch auf der Terrasse des Harcourt. Ich hatte noch Zeit und Muße und setzte mich manchmal dorthin, um die vorbeigehenden Leute zu beobachten. Warum habe ich das später nie mehr getan?

Sie war mollig, hatte eine rosa Haut, helles Haar und etwas wie einen guten und gesunden Landgeruch. Wir aßen in einer Brasserie, sie aß mit erstaunlichem Appetit, und danach kam sie wie selbstverständlich mit mir in mein Hotelzimmer.

Wie alt war ich damals? Fünfundzwanzig oder sechsundzwanzig, denn es war kurz nach dem Ersten Weltkrieg. Das Hotel lag in der Rue de l'Eperon, mitten im Quartier Latin, und hieß Hôtel du Roi-Jean. Ich wußte nicht, um welchen Jean es sich handelte, aber ich erinnere mich, daß die Besitzer Gagneux hießen und der Inhaber den Vornamen Isidore hatte.

Später sind Rosalie und ich in eine Pension in der

Rue Lecœur gezogen. Das war zu der Zeit, als ich an der Juristischen Fakultät mit Max Weil befreundet war, der mich auf die Idee brachte, zur Bank zu gehen, und der in Buchenwald gestorben ist.

Um ein Haar hätte ich Rosalie geheiratet. Sie war noch ganz das Mädchen vom Land und hatte kaum Bildung. Aber nimmt man eine Frau, um Konversation zu machen?

Sie besaß eine Eigenschaft, die ich über alles schätze: sie war heiter und ausgeglichen. Sie war morgens beim Aufwachen dieselbe wie abends beim Schlafengehen. Für sie war nichts ein Problem, und sie nahm die Dinge, wie sie waren.

Meine Mutter war im Grunde auch so, das wird mir erst heute bewußt. Sie war eine Frau derselben Art, und mein Vater hat Glück gehabt mit ihr, denn es war nicht immer leicht, mit ihm auszukommen.

Wäre es gut gegangen mit Rosalie und mir? Wir haben zusammen mit Weil und seiner kleinen Freundin meinen *doctor juris* gefeiert. Dann starb mein Vater. Ich habe einige Wochen in der Bank Weil und Doucet in der Rue Laffitte gearbeitet, und Jacob Weil, der Vater von Max, hat mir den Rat gegeben, mich in New York weiterzubilden.

Rosalie hat mich zum Transatlantikzug gebracht und häufig ihr Taschentuch benutzt. Ich wußte nicht, daß ich verheiratet und fast schon als Familienvater zurückkehren würde. Ich habe sie nie wiedergesehen. Anfangs hätte ich sie noch in den Brasserien an der Rive Gauche suchen können, aber ich dachte an nichts anderes als an Pat.

Dann erfaßte mich das Räderwerk des Berufs, und ich vergaß sie. Als ich sehr viel später wissen wollte, was aus ihr geworden war, habe ich keine Spur mehr von ihr gefunden.

Ist sie nach Berry zurückgegangen, in ihre Heimat, und hat einen Burschen aus ihrem Dorf geheiratet? Den Namen des Dorfes habe ich vergessen, ich hatte nie daran gedacht, sie danach zu fragen. Ich weiß nur, daß es in der Nähe des Kanals liegt.

Sie konnte ebensogut in Paris geheiratet haben. Ich kann sie mir zum Beispiel gut hinter dem Ladentisch in einem Milchgeschäft vorstellen. Wenn sie nicht unter die Räder gekommen ist, wie man so sagt. Das wäre schade.

Mit ihr zusammen hatte ich meine letzten Verbindungen zu den Leuten auf der Straße, zum gewöhnlichen Leben, zum Leben von jedermann, von all den Ungenannten, die die Gehsteige entlanglaufen und zu bestimmten Uhrzeiten in die Metroschächte strömen.

Bin ich mehr als dreimal mit der Metro gefahren? Ich glaube kaum. Mit dem Autobus öfter, eine Zeitlang, obwohl ich mich sehr schnell an das Taxifahren gewöhnt habe.

Die Champs-Elysées haben sich verändert. Ich kannte sie, als es dort praktisch noch keine Geschäfte gab und das Fouquet's für mich als unerreichbar galt.

Ich sehe noch den Eingang zur Metro George V, die Männer und Frauen, die die Treppe hinuntersteigen, und frage mich, warum ich den Kontakt verloren habe.

Aus Ehrgeiz? Möglich, daß ich ehrgeizig war, vielleicht ist das ein Grundzug meines Wesens. Ich bin mir nicht sicher. Sonst wäre ich nicht einen Augenblick lang auf die Idee verfallen, Rosalie zu heiraten.

Ich habe vom Räderwerk des Berufs gesprochen. Es ist wirklich eins. Wenn man bei der Bank einmal anfängt, muß man aufs Ganze gehen.

Schon mit Pat wohnte ich am Boulevard Montmartre, fast in einem Luxushotel, und ich konnte ihr ansehnliche Geschenke machen. Ihretwegen bin ich zum ersten Mal in ein Juweliergeschäft in der Rue de la Paix gegangen, wo ich in der Folge Dauerkunde wurde.

Pat konnte es kaum glauben. In den Staaten gibt es Goldschmuck von 14 oder 11 Karat, und sie war überzeugt, daß ich ihr solchen schenkte.

Jeanne Laurent hatte keinen Sinn für Schmuck. Ich habe immer nur sehr einfach geschnittene Abendkleider aus schwarzer Seide an ihr gesehen, sie trug sie wie eine Dienstkleidung.

Sie kleidete sich oft in Schwarz, und es stand ihr gut. Sie tut es heute noch, ihr Geschmack hat sich nicht geändert.

Unsere Beziehungen hatten schon begonnen, als ich die Bank an der Place Vendôme übernahm. Wir waren zusammengewesen, als ich erfuhr, daß Pat in Reno die Scheidung durchgesetzt hatte, und ich bestand darauf, daß wir die Nachricht mit Champagner begossen.

»Was willst du jetzt tun?«

»Dich heiraten.«

»Wozu? Liegt dir wirklich daran?«

»Ja.«

»Ich kann doch auch ohne diese Formalität mit dir zusammenleben.«

»Vielleicht bekommen wir Kinder.«

»Du möchtest noch mehr Kinder?«

»Vielleicht. Ich weiß nicht.«

»Erlaubst du mir, daß ich weiterarbeite?«

Ich überlegte. Sie hing an ihrem Beruf. Sie war mit dem Journalismus aufgewachsen, sie liebte ihn mit Leib und Seele.

»Warum nicht?«

»Ich werde nicht immer zur selben Zeit frei haben wie du. Und es kann vorkommen, daß ich verreisen muß.«

»Das kann bei mir auch vorkommen. Wir sind ja doch nicht nur ein Liebespaar, wir sind auch Freunde.«

Das Liebespaar und das Ehepaar gibt es nicht mehr. Die Freunde sind geblieben. Sie hat mir viel bei der Einrichtung der Wohnung über der Bank geholfen, als diese frei wurde. Ich besaß bereits ein paar Bilder, aber sie kannte die Maler besser als ich, und der Montparnasse war ihr vertrauter.

Sie ist in Verbindung geblieben mit dem Leben, mit den Menschen. Ihr Beruf erforderte es. Sie bewegte sich in verschiedenen Milieus und fühlte sich in allen zu Hause.

Obwohl sie die größte Frauenzeitschrift in Paris herausgibt, bin ich überzeugt, daß sie es immer noch so hält. Ich weiß kaum etwas über ihr Privatleben, außer daß sie am Boulevard Raspail mit unserer Enkelin Nathalie zusammenwohnt.

Manchmal essen wir zusammen zu Mittag, fast immer in einem Restaurant. Dann sehen wir uns mit unfreiwilliger Neugier an, ohne uns Fragen zu stellen.

Nur über die Kinder reden wir. Da sie in näherem Kontakt zu ihnen steht als ich, berichtet sie mir von ihnen. Sie macht sich Sorgen über Jean-Luc, der vierunddreißig Jahre alt ist.

Er hat das Leben, das wir an der Place Vendôme führten, nie gebilligt und sich sehr früh schon dagegen aufgelehnt. Er war intelligent, aber in der Schule so schlecht wie es nur ging, und er ist durchs Abitur gefallen. Er war achtzehn und ging zu den Fallschirmjägern.

Dazu brauchte er meine Erlaubnis, und ich gab sie ihm. Mir war klar, daß es nichts nützen würde, ihn zu zwingen. Wir bekamen alle zwei bis drei Monate eine Postkarte von ihm.

Als er ins Zivilleben zurückkehrte, waren seine Mutter und ich geschieden.

»Was hat euch denn gepackt!«

»Wir führten ein zu verschiedenes Leben. Deine Mutter hängt leidenschaftlich an ihrem Beruf und verbringt ihre ganze Zeit damit. Und ich meinerseits habe zu viele Verpflichtungen.«

»Wirst du wieder heiraten?«

»Ich glaube nicht. Aber man weiß ja nie.«

Ich wagte nicht, ihn zu fragen, was seine Pläne seien. Er ist viel größer und stärker als ich. Er ist ein Athlet.

»Ich suche mir eine Arbeit als Sportlehrer.«

Er begann, an den Stränden von Cannes zu arbeiten. Im Winter gab er in Megève Skiunterricht.

»Ich gebe dir jeden Monat Geld, wie deinem Bruder, als er auf der Kunstakademie war.«

»Das ist nicht nötig. Ich komme allein durch.«

Ich habe keine Vorstellung, was er über mich denkt, über meinen Charakter, über meine Lebensführung. Er lebt in einer anderen Zeit. Als er noch klein war und die Photos anschaute, die zwei Schubladen meines Schreibtischs füllen, weil ich nie Lust hatte, sie in ein Album zu kleben, hat er oft gelacht.

»Das da bist du?«

Ja, das war ich! In weißen Flanellhosen, im gestreiften Blazer, mit einem flachen Strohhut auf dem Kopf.

Oder in einer blauen Uniform, meine mageren Beine in Wickelgamaschen gezwängt, lässig an mein Flugzeug gelehnt.

»Warum bist du nie mehr geflogen?«

Ich kenne keinen von meiner Staffel, der nach dem Krieg Pilot geblieben wäre. Haben wir zuviel mitgemacht?

Dieses eine Mal hat er mich mit einem gewissen Respekt betrachtet. Die übrige Zeit hat er meine Lebensführung und meine Anschauungen abgelehnt, und er lebt nach wie vor in weiter Entfernung von mir.

Letztes Jahr arbeitete er an einem Strand in St. Tropez, und ich habe sein Photo mehrmals in der Zeitung gesehen; er gehört zu der kleinen Welt dort. Er hat sogar ein Nachtlokal eröffnet.

Ich gehe und gehe und denke zuviel nach. Ich habe vergessen, die Leute anzusehen, wie ich es mir vorgenommen hatte. Ich habe allerdings auch das unangenehme Gefühl, daß die meisten ihrer Gesichter völlig ausdruckslos sind.

Sie laufen so vor sich hin, und ihr Blick ist unstet.

Vielleicht mache ich denselben Eindruck?

Ich schlafe nicht. Ich bin höchstens für zehn Minuten eingenickt und höre Madame Daven in die Küche gehen, um mir meinen Kaffee zu machen.

Sie kommt geräuschlos ins Zimmer, stellt die Tasse auf das Tischchen und geht zum Fenster, um die Vorhänge aufzuziehen. Wie gestern und wie an all den anderen Tagen seit mehreren Jahren, und morgen und an allen folgenden Tagen wird es genauso sein.

Diese Gleichförmigkeit mißfällt mir keineswegs; sie behagt mir vielmehr. Meine Tage sind auf diese Weise in einzelne Abschnitte unterteilt, und ich habe gelernt, einen jeden zu genießen.

Sie reicht mir lächelnd die Tasse, ein wenig so, als müßte sie mich beschützen. Ich habe den Verdacht, daß sie mich wie ein großes Kind behandelt, das sie braucht, und ich bin mir nicht ganz sicher, ob sie nicht vielleicht recht hat.

Gleich werde ich den Morgenrock gegen mein Jakkett vertauschen.

Als Junge brachte mich die Eintönigkeit des Tagesablaufs, die Unwandelbarkeit meiner Umgebung zur Verzweiflung, und manchmal saß ich, die Kehle wie zugeschnürt, in meinem Zimmer am Fenster und blickte auf die dahinfließende Saône. Ich haßte unser

Haus, in dem es nach Wein und Bohnerwachs roch, ich haßte den mit Weinfässern vollgestellten Hof und die Männer in blauen Leinenkitteln, die dort arbeiteten.

Heute stört mich eher das Unvorhergesehene, und ich mag es nicht, wenn mein Stundenplan durcheinanderkommt.

»Ihr Sohn wartet im Salon«, meldet mir Madame Daven.

»Welcher?«

»Der in Paris wohnt.«

»Wartet er schon lange?«

»Er ist eben gekommen. Er kennt Ihre Gewohnheiten und hat gesagt, Sie sollen erst in Ruhe Ihren Kaffee trinken.«

Sie heißt Juliette. Ich meine Madame Daven. Mehrmals bin ich in Versuchung gewesen, sie bei ihrem Vornamen zu nennen, aber ich habe nie den Mut dazu gehabt.

»Welchen Eindruck macht er?«

»Einen guten, scheint mir. Er ist vielleicht ein bißchen nervös.«

Ich stehe auf, sie hilft mir, meinen Morgenmantel auszuziehen, und hat dabei das Jackett in der Hand. Ich zünde mir eine Zigarette an und trinke vor dem großen Fenster meinen Kaffee aus.

Zu dieser Stunde beginnt die Sonne ins Zimmer zu scheinen. Noch liegt erst ein dünner Strahl als heller Fleck auf der Louis-XVI-Kommode. Das ganze Zimmer ist in Louis XVI eingerichtet, und die Wände sind blaßgrau getäfelt.

Was Jacques wohl von mir will? Er kommt selten ohne Anlaß. Zweifellos ist das Haus für ihn eine Art Gefängnis gewesen, so wie es für mich das Haus in Mâcon war. Wann fing ich an, Heimweh zu bekommen? Jedenfalls sehr spät.

Er steht vor dem Picasso.

»Ein alter Hut!« sagt er vor sich hin.

Sein Blick schweift über die Wände.

»Du hast noch immer nichts für die moderne Malerei übrig?«

»Nun, es kommt eben der Punkt, wo man stehenbleibt...«

Er ist nicht so groß wie Jean-Luc, wenn auch größer als ich und seine Mutter, ein bißchen dick, und er hat weiche Gesichtszüge und Körperformen.

»Kommst du mit ins Studio?«

Im Salon mit ihm zu reden, erscheint mir unangebracht. Ist er nicht hier zu Hause, hat er nicht einen Teil seiner Jugend in dieser Wohnung zugebracht?

»Nichts ändert sich hier«, bemerkt er.

Nachdem er mich gemustert hat, fügt er hinzu:

»Du auch nicht. Wie geht's dir?«

»Gut. Obwohl sich gestern Dinge ereignet haben, die mich schwer getroffen haben.«

»Was Geschäftliches?«

»Nein. Dein Bruder Donald ist tot. Ich habe es durch einen Brief seiner Mutter erfahren, von der ich seit dem Krieg nichts mehr gehört habe.«

»Wie alt war er?«

»Zweiundvierzig.«

»Da war er ja nicht viel älter als ich. Was hat er gehabt?«

»Er hat sich erhängt.«

Sie haben sich nie gesehen. Es wurde wenig über Donald geredet im Haus, als meine beiden anderen Jungen noch heranwuchsen.

»Außerdem ist Pat, meine erste Frau, schwer krank.«

Er zieht mißmutig die Augenbrauen zusammen, er hätte mich lieber unter günstigeren Umständen angetroffen.

Ich lasse einige Zeit vergehen, bevor ich frage:

»Und du?«

»Ich bin gut in Form. Ich habe Pläne. Darüber wollte ich auch mit dir sprechen. Aber es ist wohl nicht der richtige Augenblick ...«

»Was macht dir Sorgen?«

»Nichts. Das, was ich hauptsächlich vorhabe, ist außerdem ganz einfach und natürlich. Ich will wieder heiraten.«

Was soll ich dazu sagen, ich, der ich dreimal geheiratet habe? Was mich erstaunt, ist eher, daß er nach dem Tod seiner Frau so lange allein gelebt hat.

»Sie ist ein reizendes Mädchen. Ich stelle sie dir vor, sobald es dir recht ist. Ich wollte sie nicht mitbringen, ohne sie vorher anzukündigen.«

»Wie alt ist sie?«

»Achtzehn.«

»Zwei Jahre älter als deine Tochter.«

»Ich glaube nicht, daß der Altersunterschied hinderlich sein wird. Im Gegenteil. Hilda ist sehr klug. Sie spricht fließend Französisch, und sie versteht sich ausgezeichnet mit Nathalie.«

»Ist sie Ausländerin?«

»Deutsche. Aus Köln. Sie besucht Kurse an der Ecole du Louvre, sie möchte Kunstkritikerin werden.«

Ich zeige keine Reaktion. Ich bin dabei, Einwände zu machen, die nicht standhalten. Meine letzte Frau war Italienerin und zwanzig Jahre jünger als ich.

Da Nathalie nur auf den Semesterbeginn wartet, um sich an der Kunstakademie einzuschreiben, haben sie gemeinsame Interessen.

Ja, und Jacques hat seine Bildergalerie, in der nie auch nur ein einziges gegenständliches Bild gehangen hat. Die verschiedensten Dinge sind darin ausgestellt, unter anderem auch aufblasbare Plastikobjekte und Ofenrohre, die man beliebig ineinanderfügen kann.

Vor zwei oder drei Jahren hatte er es sich in den Kopf gesetzt, mitten im Ausstellungsraum ein Restaurant zu eröffnen. Es war nicht groß, nur sechs Tische hatten darin Platz. Er hat mich um das Geld für die Küche und sonstige Einrichtungen gebeten, und ich habe es ihm gegeben.

»Sobald alles läuft, zahl ich's dir zurück.«

Es ist nicht gelaufen. Nur Freunde von ihm sind zum Essen gekommen, und die haben nicht bezahlt. Der Koch hat eine Abfindung verlangt.

»Willst du weiter in der Rue Jacob wohnen?«

Über dem Geschäft ist nur ein niedriges, sehr dunkles Zwischengeschoß, wo Jacques ein Junggesellenleben führt. Ich ahne schon, was kommt.

»Ja, auch darüber wollte ich mit dir sprechen.«

»Hast du die ideale Behausung gefunden?«

Ich frage das ohne Ironie, aber es gefällt ihm nicht, daß ich es erraten habe.

»Woher weißt du das? Hat Mama es dir gesagt?«
»Sie weiß Bescheid?«
»Sie war am Montag mit uns abendessen. Sie findet Hilda sehr gescheit und anziehend. Ich bin sicher, sie wird dir auch gefallen.«
»Du hast eine Wohnung gefunden?«
»Mehr als das.«

Er steht auf, um seiner Begeisterung freien Lauf zu lassen. Jedesmal, wenn mir Jacques ein Vorhaben unterbreitet, verspürt er das Bedürfnis, es lautstark anzupreisen, während ich nur so tue, als sei ich überzeugt.

»Du kennst doch den Quai des Grands-Augustins... Ich weiß nicht, ob du dich an den Antiquitätenhändler mit dem weit nach hinten gehenden und sehr dunklen Laden erinnerst... In beiden Auslagen sind das ganze Jahr über dieselben Objekte ausgestellt, die keinen Kunden mehr anlocken.

Der Besitzer ist im letzten Monat gestorben, und seine Frau will verkaufen und zu einer ihrer Töchter nach Marseille ziehen. Bei der richtigen Beleuchtung gäbe das eine fabelhafte Galerie ab, und die Lage ist unwahrscheinlich gut. Ich hätte viermal so viel Grundfläche wie in der Rue Jacob und obendrein noch eine geeignete Wohnung im ersten Stock.«

Nichts kann einfacher sein. Ich weiß, was folgt, und frage:

»Wieviel?«
»Ich kann noch keine genaue Summe nennen, denn

ich habe erst letzte Woche einem befreundeten Architekten die Räume gezeigt...«

»Na schön«, sage ich, »es wird mein Hochzeitsgeschenk. Du kannst mir die Rechnungen zuschicken lassen.«

»Du bist großartig, Dad«, sagt er überschwenglich und küßt mich auf die Stirn.

Es ist eigenartig. Meine beiden Söhne nennen mich Dad, während sie zu ihrer Mutter immer noch Jeanne sagen. Auch Nathalie macht das so.

»Du bist mir nicht böse?«

»Weswegen?«

»Weil ich herkomme und dich anpumpe. Du mußt unbedingt zur Eröffnung kommen, da triffst du alles, was in der zeitgenössischen Kunst Rang und Namen hat.«

»Wessen Zeitgenossen sind das?«

Ich scherze natürlich. Im Grunde mache ich mich über mich selber lustig.

»Wie geht es deiner Tochter?«

»Gesundheitlich?«

»Vorerst ja.«

»Sie ist durch nichts müdezukriegen. Sie schläft weniger als ich, ohne im mindesten Energie einzubüßen.«

»Siehst du sie oft?«

»Zufällig mal. Und dann mit Hilda. Wir gehen gerne in die Nachtlokale von Saint-Germain-des-Prés, und dort treffe ich zu meiner Überraschung bisweilen meine Tochter... Nicht alleine... Meistens in Begleitung von bärtigen und langhaarigen Jungen, die zehn Jahre älter sind als sie...«

»Sie ist knapp sechzehn, nicht?«
»Sie wird es in zwei Monaten. Dann will sie mit der Schule aufhören.«

Nathalie ist vom Gymnasium und anschließend von einer Privatschule geflogen. In einer dritten Schule dann beschloß sie, nichts zu lernen. Vor zwei oder drei Jahren träumte sie nur vom Film. Im Augenblick interessiert sie sich ausschließlich für Malerei.

»Was hältst du davon?«

Jacques kratzt sich am Kopf.

»Was soll ich davon halten? Jede Generation ist wieder anders. Mit dreizehn Jahren fing sie an, sich zu schminken und jeden Tag ein Päckchen Zigaretten zu rauchen, und ich hielt es für meine Pflicht einzuschreiten. Es nutzte gar nichts, im Gegenteil. Sie hat mich sofort als alten Mann eingestuft.

Ab und zu kommt sie zu mir in die Galerie, um zu sehen, was es Neues gibt. Entgegen meiner Erwartung findet sie an den Modernen für keinen Pfifferling Geschmack. Mit Van Gogh und Gauguin ist es bei ihr zu Ende.«

»Was sagt deine Mutter dazu?«

»Es erschreckt sie ein bißchen. Manchmal kommt Nathalie erst um zwei oder drei Uhr morgens nach Hause. Sie hängt so ein kleines Hotelschild an die Tür, das sie weiß Gott wo aufgetrieben hat, auf dem in drei bis vier Sprachen steht: ›Bitte nicht stören.‹

Sie wird auch nicht gestört. Sie ißt, wann sie will, sie geht in ihre Kurse, wann sie will, und sie macht in ihrem Schulheft Jeannes Unterschrift nach.«

Ich muß unwillkürlich lächeln. Mein Sohn macht

sich offensichtlich Sorgen. Meine Exfrau auch. Ich nicht. Ich fühle mich im Gegenteil Nathalie ziemlich nahe, und ich glaube, wir würden uns sehr gut verstehen, wenn sie ab und zu käme und mir ihr Herz ausschütten würde.

Für sie bin ich ein strenger und abweisender Herr. Sie ist begeistert, daß ihr Vater wieder heiratet, denn sie hofft, in ihrer jungen Stiefmutter eine Freundin und Komplizin zu finden.

»Halte ich dich auf?« fragt Jacques und schaut auf die Uhr. »Mußt du nicht in dein Büro?«

Er weiß, daß ich dort nur ein Statist bin, aber nun, da er erreicht hat, was er wollte, hat er es eilig, Hilda die gute Nachricht zu bringen.

»Wie mache ich das mit dem Geld?«

»Du adressierst die Rechnungen an den Kassenführer. Ich werde ihm gleich Bescheid geben. Von ihm kannst du auch das Bargeld bekommen, das du brauchst.«

Er kann es nicht fassen, daß ich kein Limit festlege. Wozu auch? Soll er Ausreden erfinden, Schulden machen oder betrügen?

Eines Tages wird ihnen ohnehin alles gehören. Ich hoffe, daß sie dann nicht enttäuscht sind. Sie haben die Neigung, mich für reicher zu halten, als ich in Wirklichkeit bin.

Was wird Jacques mit seinem Erbteil anfangen? Er wird sich vermutlich riesige Dinge vornehmen und ein paar Jahre später ohne einen Sou dastehen.

Seine Mutter wird ihn unterstützen. Vielleicht auch sein Bruder. So hitzköpfig Jean-Luc auch ist, er stürzt sich nicht blind in Abenteuer.

Sein Strandgeschäft und sein Restaurant gehen gut. Es würde mich nicht wundern, wenn er seinen Erbschaftsanteil dazu benutzen würde, ein Hotel oder eine Bungalowkette auf irgendeiner Insel zu bauen.

Er braucht Bewegung, Luft und Sonne. Er wird sich wie bisher eifrig mit dem Training seiner Muskeln beschäftigen.

Und Nathalie? Sie wird sehr jung heiraten, aber nicht für lange.

Wird sie sich dann auf neue Abenteuer einlassen oder in aller Ruhe ihre Freiheit genießen?

Ich würde gern einmal in nächster Zeit mit ihr sprechen, aber ich glaube nicht, daß es mir gelingen wird, ihr Vertrauen zu gewinnen. Weshalb habe ich das Gefühl, daß sie mir von allen, von der ganzen Welt, mit der ich durch mehr oder weniger starke Fäden verbunden bin, am ähnlichsten ist?

Nur ist ihre Einstellung negativ. Sie nimmt nichts an, sie lehnt ab. Sie lehnt es ab zu lernen. Sie lehnt das Leben ab, das ihr geboten wird. Sie lehnt es ab, Tabus anzuerkennen.

Sie verweigert sich ihrer Großmutter, wie sie sich mir verweigern würde, und sie hat mir nicht verhehlt, daß sie meine Wohnung scheußlich findet.

Sie handelt nach ihrem Kopf, scheinbar zynisch, aber ich bin sicher, daß sie im Grunde ihres Wesens verängstigt ist.

Sie ist noch keine Erwachsene und hat bereits Furcht vor dem Leben. Aus Angst, es nicht zu meistern, stürzt sie sich Hals über Kopf hinein, als wäre es ein Vergnügen.

»Bis bald, Dad. Ruf mich an, wenn es dir recht ist, daß ich mit Hilda komme.«

»Irgendwann nächste Woche.«

»Kann ich dich nach dem Mittagsschlaf anrufen?«

»Das weißt du doch.«

Reichlich linkisch küßt er mich auf beide Wangen und murmelt ganz nah an meinem Ohr:

»Du bist wirklich großartig.«

Und nach einer Pause fügt er hinzu:

»Ich mag dich sehr, weißt du.«

Das sind Worte, die in unserer Familie nicht gerade häufig vorkommen. Ich bin zutiefst erstaunt und sehe ihm mit einem Stich im Herzen nach, wie er geht.

Es ist so, sie haben alle das Haus verlassen, so bald sie nur konnten. Jeder ist seinen eigenen Weg gegangen, und jeder einen Weg, mit dem ich nicht gerechnet hatte.

Jacques ist Galerist geworden und wird in zweiter Ehe eine junge Deutsche heiraten, die im selben Alter ist wie seine Tochter.

Jeanne hat etliche Jahre mit mir zusammengelebt und sich dann scheiden lassen, um nicht ihre Persönlichkeit zu verlieren und um sie selbst zu bleiben.

Ich nehme es ihr nicht übel. Ich nehme es keinem von ihnen übel.

Für meinen Vater war es sicher ein Schlag, als ich ihm mit siebzehn Jahren erklärte, daß ich nach Paris gehen würde. Er hatte noch die Hoffnung, daß ich wenigstens in den Ferien nach Mâcon käme. Meine Mutter weinte. Bis sie 1931 mit achtundsechzig Jahren gestorben ist, hat sie mir jede Woche einen vier Seiten langen Brief geschrieben und von jedem Bewohner im Haus berichtet, von allen Nachbarn und sogar von den Katzen und Hunden.

Ich antwortete jedes dritte Mal, und meine Briefe waren wesentlich kürzer und steifer. Mir fiel nichts ein, was sie hätte interessieren können, ich führte ein zu anderes Leben.

Ich weiß noch, wie verlegen sie waren, als ich ihnen Pat vorstellte, die kein Wort französisch sprach und sich mit einem Illustriertenlächeln begnügte.

Gestern neigte ich dazu, zu dramatisieren. Auf den Brief von Pat hin habe ich mich dazu verleiten lassen, eine Menge Dinge in Frage zu stellen.

Ich muß mein altes Gleichgewicht wiederfinden, und ich bin bereits auf dem Wege dazu. Paradoxerweise hat mir der Besuch von Jacques dabei geholfen und das, was er mir über seine Tochter erzählt hat.

Das Schicksal all dieser Menschen läßt mich nicht gleichgültig. Im Gegenteil. Tief im Innern würde es mir gefallen, eine Art Patriarch zu sein, um den sich die Familie schart.

Ist das nicht mehr oder weniger der Traum jedes Mannes? War es nicht auch der Traum meines Vaters? Beinahe wäre es ihm gelungen. Ich bin der einzige, der sich abgesetzt hat.

Bei mir liegt der Fall anders. Pat ist als erste fortgegangen. Jeanne Laurent ist länger bei mir geblieben, vielleicht weil sie mich nicht allzubald meiner Kinder berauben wollte.

Für viele Jahre sind wir eine richtige Familie gewesen, die sich mittags und abends im Eßzimmer um den

Tisch versammelte. Den Sommer verbrachten wir in Deauville in unserem Landhaus, die Kinder spielten im Park oder badeten am Strand.

Ich habe viel gearbeitet. Ich habe mir auch viele Vergnügungen geleistet, wenn man die Zerstreuungen, die ein Mann üblicherweise hat, Vergnügen nennen kann.

Ich hatte Pferde, wie ich schon sagte. Ich hatte eine Yacht in Cannes, nicht zur damaligen Zeit, sondern mit meiner dritten Frau, der Gräfin Passarelli, die einer der ältesten Familien von Florenz entstammte.

Ich war achtundfünfzig Jahre alt, als ich sie heiratete. Sie war zweiunddreißig und bereits zweimal verheiratet gewesen, das zweite Mal mit einem reichen griechischen Reeder.

Sie sprach oder plapperte vielmehr in vier bis fünf Sprachen und kannte alle Luxushotels auf der Welt, sie kannte die Nachtlokale in New York ebensogut wie die auf den Bermudas, in Beirut und Tokio.

Ich kann nicht mehr sagen, warum ich sie geheiratet habe. War sie eine Art Herausforderung für mich? Bei ihr mußte ich mich anpassen, mußte mich auf ihren Lebensstil einstellen.

Später, als wir wieder geschieden waren, habe ich die Yacht verkauft und mich mit einem Motorboot zufrieden gegeben. Die Villa in Deauville habe ich nicht verkauft, ich dachte, eines Tages würden sich vielleicht meine Enkel darin aufhalten. Daß diejenigen aus Amerika nach Europa kommen und hier leben werden, ist kaum wahrscheinlich. Und Nathalie kann ich mir in Deauville ebenfalls nicht vorstellen. Auch Jeanne Laurent hat sich dort nicht wohlgefühlt.

Ich gehe in die erste Etage hinunter und spreche mit dem Kassierer.

»Demnächst werden Rechnungen von meinem Sohn Jacques einlaufen. Seien Sie so freundlich, sie zu begleichen, auch wenn sie Ihnen sehr hoch vorkommen. Außerdem kann es sein, daß er Bargeld braucht.«

»In Ordnung, Monsieur François.«

Pageot heißt er. Ein verläßlicher Mann. Er ist vierundsechzig und wird nächstes Jahr in Pension gehen. Die Bank wird ihm fehlen.

Ich werde Candille anrufen. Wenn er heute abend Zeit hat, lade ich ihn zum Essen ein; wir werden einen gemütlichen Abend verbringen und plaudern.

4

Candille ist bei mir. Der Abend verläuft wie alle Abende, die wir gemeinsam verbringen, und doch fühle ich mich, als ich ihn zum Aufzug begleite, enttäuscht und unzufrieden. Ich könnte nicht sagen warum.

Ich bin froh, als ich in mein Schlafzimmer zurückkomme und Madame Daven vorfinde, die auf mich gewartet hat, um mich zu Bett zu bringen. Denn ich werde zu Bett gebracht wie ein Kind. Das ist mittlerweile ein Ritual. Weiß sie, daß es der Augenblick ist, in dem man seine Einsamkeit am stärksten empfindet? Fühlt sie sich nicht auch einsam, wenn sie in ihr Zimmer kommt?

Ich habe, nicht ohne Bedenken, Kaviar auftragen lassen. Es ist peinlich, weil es nach Angeberei aussieht. Kaviar ist so etwas wie ein Symbol für Luxus und Reichtum geworden, wie Trüffel, wie Champagner, wie früher in einfachen Familien Huhn.

Bei Candille ist das etwas anderes. Er ist ein großer Feinschmecker, und ich achte immer darauf, ihm ein Menü nach seinem Geschmack zusammenzustellen.

Er trägt einen viereckigen, rötlichen, kurzgeschnittenen buschigen Bart, der an die Haare eines Bassets aus der Vendée erinnert. Für ihn ist er kein Schmuck, sondern eine Möglichkeit, sein fliehendes Kinn zu verbergen.

Auch sein Haupthaar ist dicht und kurzgeschnitten, und seine Haut ist großporig wie bestimmte große Orangensorten.

Er hat schon immer einen kleinen Bauch gehabt, und jetzt, wo er auf die Fünfundsechzig zugeht, ist er dabei, noch dicker zu werden.

Der Tisch, das Eßzimmer überhaupt ist zu groß geworden. Wir beide wirken etwas verloren vor dem großen Damasttischtuch, und wenn ich allein esse, sehe ich womöglich noch verlorener aus.

Nach dem Kaviar gibt es Seezunge aus der Normandie, die meinem Koch vorzüglich gelungen ist und für die der Doktor besonders schwärmt. Es ist ein Vergnügen zuzusehen, wie er ißt, genüßlich seinen Wein trinkt und sich den Mund abwischt.

Kein Fleisch. Gegrillte Trüffeln, anschließend Salat und dann Mandelpudding.

Während er das Essen genießt, beobachtet er mich mit seinen fast malvenfarbenen Augen. Sein Blick kann einem naiv vorkommen, in Wirklichkeit ist er jedoch durchdringend. Ihm entgeht nichts.

»Stimmt irgendwas nicht?«

Auf einmal ist er spürbar verlegen, daß er das Mahl, das, wie er weiß, für ihn zubereitet ist, mit so großem Vergnügen verzehrt.

»Ich hatte einen schlimmen Tag gestern, und ich erhole mich nur langsam davon. Nachrichten aus den Staaten...«

»Von ihrer ersten Frau?«

»Sie liegt mit Gebärmutterkrebs im Krankenhaus, die Ärzte wollen keine Operation mehr wagen.«

Er fragt, als wäre das selbstverständlich:
»Hängt sie am Leben?«
»Ich weiß es nicht. Mein Geschäftspartner in New York hat sie besucht. Sie liegt in einem Saal mit zwanzig Betten und nur alten Frauen darin, und sie wollte sich nicht in ein Einzelzimmer legen lassen, wo ich ihr eine eigene Schwester bezahlt hätte.«
»Ich kann sie verstehen.«
»Wenn man sie operiert, hat sie anscheinend vielleicht noch ein bis zwei Jahre zu leben.«
»Vielleicht auch noch erheblich länger...«
Candille hat in bestimmten medizinischen Fragen Auffassungen, die nicht immer orthodox sind. Es besteht ein merkwürdiger Gegensatz zwischen seinem plebejischen Auftreten, seiner stets schlottrigen und ausgebeulten Kleidung und seinen Patienten, die sich vor allem aus der Umgebung der Avenue de l'Opéra und der Rue de Rivoli rekrutieren.
»Kennen Sie die altbekannte Geschichte von dem Krebsoperierten? Sie ist in mehreren Lehrbüchern zu finden und hat sich tatsächlich in den Vereinigten Staaten zugetragen.

In ich weiß nicht mehr welchem Krankenhaus öffnet der Chirurg den Bauch eines Patienten, der Krebs hat, und sieht sich einem derart fortgeschrittenen und riesigen Tumor gegenüber, daß er darauf verzichtet, ihn herauszunehmen, und schnell wieder zunäht.

Dann vergißt er den Fall, überzeugt, daß der Mann ein paar Tage später gestorben ist.

Jahre vergehen. Zehn Jahre, fünfzehn Jahre, egal wieviel. Man überweist ihm einen Patienten zur Blinddarmoperation, und an der Narbe fällt ihm etwas auf.

Der Krebskranke von einst fällt ihm wieder ein, aber er findet keine Spur von Krebs.

Nach der Operation erkundigt er sich, und es handelt sich tatsächlich um seinen ehemaligen Patienten. Ein einfacher Mann. Man hatte ihm gesagt, daß die Operation ihm helfen würde. Er ist operiert worden, und die Operation hat ihm geholfen.«

Ich lächle kühl, die Geschichte bereitet mir Unbehagen. In meinem Alter bin ich auf mehr oder weniger ernste Krankheiten gefaßt. Man könnte fast sagen, ich belauere meinen Körper, und mir ist klar, daß das krankhaft ist. Die Geschichte von Candille bestätigt das nur.

Er fährt nichtsdestoweniger fort, indem er mit seiner Gabel herumhantiert:

»Eine beträchtliche Anzahl unserer Krankheiten kommen aus unserer inneren Einstellung, unserer seelischen Verfassung. Wir machen uns selbst für sie anfällig. Es ist ein bißchen so, als würden wir der Krankheit das Feld bereiten.«

Pat war vergessen. Er sprach erst später wieder von ihr.

»Sie hat recht, wenn sie mit den anderen zusammenbleiben will. Es hält ihre Neugier wach. In dem Augenblick, wo jemand auf nichts mehr neugierig ist...«

Beinahe hätte ich gefragt:

»Und ich?«

Bin ich noch auf irgend etwas neugierig? Ich versuche, kein bißchen mehr von der selbstgeschaffenen Routine abzuweichen.

Ich genieße deshalb im allgemeinen um nichts weniger die einzelnen Stunden des Tages, so wie Candille sein Essen genießt. Ein Sonnenfleck auf einer Möbelpolitur kann mich bezaubern, und ich gehe zehnmal am Tag zum Fenster, um bei Regen oder blauem Himmel dem Schauspiel auf der Place Vendôme zuzusehen.

»Mein ältester Sohn ist gestorben.«
»Der in Amerika?«
»Ja. Er hat sich erhängt.«
Auch zu diesem Fall hat Candille eine Geschichte zu erzählen.
»Hat er einen Brief hinterlassen?«
»Nein.«
»Hatte er Familie?«
»Eine Frau und drei Kinder. Der Älteste arbeitete mit ihm in der Werkstatt.«
»Seltsam ...«
»Warum? Seine Geschäfte gingen sehr schlecht.«
»Es bleibt trotzdem seltsam. Ich erinnere mich an einen Artikel, den ich in einer medizinischen Zeitschrift aus Boston gelesen habe. In Frankreich ist das Erhängen eine geläufige Selbstmordart, vor allem auf dem Lande, wo Waffen, abgesehen von Jagdgewehren, ziemlich selten sind. Zudem nehmen die Bauern kaum Schlafmittel. Also gehen sie in die Scheune und knüpfen einen Strick an einen Balken.«
Ich mag ihn sehr, aber es wäre mir lieber, wenn er aufhören würde. Für ihn ist der Tod ein alltägliches Schauspiel, das ihn nicht mehr beeindruckt. Er bekämpft ihn, gewiß. Der Verlust eines Patienten geht

ihm nahe. Ich möchte nicht sagen, daß er ihn als eine persönliche Niederlage empfindet, aber fast ist es doch so. Je älter er wird, desto mißtrauischer wird er gegen die Medizin.

Er sagt oft: »Alles, was wir tun können, ist, den Patienten bei der Heilung zu unterstützen.«

Er ist immer noch beim Erhängen.

»In den Staaten ist die Situation anders. Fast jeder besitzt Feuerwaffen. Manche haben eine ganze Sammlung davon. Zudem war das Erhängtwerden früher Mördern und Pferdedieben vorbehalten und wird immer noch als herabwürdigende Strafe angesehen.

Der Autor des Artikels, ein Psychologe, dessen Namen ich vergessen habe, zieht daraus den meines Erachtens zweifelhaften Schluß, daß Leute, die sich erhängen, unter einem Schuldkomplex leiden. Sie wählen den Strick, um sich selbst für einen wirklichen oder eingebildeten Fehltritt zu bestrafen.«

»Vielleicht hat sich Donald dafür bestraft, daß er sein Geschäft schlecht geführt und seine Familie in die Armut getrieben hat.«

Wir gehen ins Studio hinüber, das gemütlicher ist als das Eßzimmer. Ich biete Candille eine Zigarre an und zünde mir auch eine an. Ich schlürfe auch ein Glas Armagnac, obwohl ich schon seit langem keinen Alkohol mehr trinke.

Früher habe ich getrunken. Ich war selten betrunken, aber ich trank regelmäßig.

Es war mit dem Alkohol dasselbe wie mit allem übrigen, wie mit den Frauen und den Kindern, die mich einer nach dem anderen verlassen haben.

Mit dem Alkohol hat es angefangen, als ich auf die Sechzig zuging; ich vertrug ihn nicht mehr.

»Höchstens ein Glas Wein zum Essen«, hat mir Candille geraten.

Da es mir nicht gelang, mich auf ein Glas zu beschränken, habe ich es lieber ganz gelassen. Später dann habe ich die Anzahl der Zigaretten auf die Hälfte verringert.

Eines Tages habe ich, ohne es zu wissen, meine letzte Partie Golf gespielt. Eine Verstauchung hinderte mich mehrere Wochen lang daran zu spielen, und danach merkte ich, daß ich schnell außer Atem kam.

Dann kam das Reiten ...

Dann Wasserski... Ich war einer der besten Wasserskiläufer in Cannes, und ich bin noch bis vor sechs oder sieben Jahren Wasserski gefahren.

Der Lebensbereich wird immer enger. Es läßt sich nicht vermeiden, aber immer, wenn man eine Sache streicht, wenn man sich wieder eine Tätigkeit versagen muß, tut es ein wenig weh.

Ich bin nicht krank. Candille behauptete, meine Organe seien in bestem Zustand, und medizinisch gesehen sei ich zehn Jahre jünger, als ich meinem Alter nach bin.

Führt er nicht ein härteres Leben als ich? Er hat nur einmal geheiratet, ziemlich spät, mit vierunddreißig oder fünfunddreißig, und er hat keine Kinder.

Seine Frau befindet sich seit fünfzehn Jahren in einer psychiatrischen Klinik, dreißig Kilometer entfernt von

Paris. Er besucht sie jeden Sonntag, und meistens empfängt sie ihn lieblos, überzeugt, daß er sie hat einliefern lassen, um mit einer anderen Frau zu leben.

Ich kenne seine Wohnung, sie ist gemütlich und etwas altmodisch. Er hat die bäuerliche Vorliebe für schwere, dunkle und massive Möbel beibehalten. Er hat eine Haushälterin, die fast so alt ist wie er und für ihn kocht.

In der Praxis hat er eine Krankenschwester als Sekretärin. Wenn ich wegen irgendeiner Kleinigkeit eine Spritze brauche, gibt sie sie mir.

Sie heißt Odile und ist eine große rothaarige Stute mit vorstehenden Zähnen und schönen lachenden Augen.

Hat Candille intimere Beziehungen zu ihr? Mir scheint es so, und ich würde es ihm und ihr gönnen.

»Ach, ich habe Ihnen noch nicht gesagt, daß mein Sohn Jacques heiraten will.«

»Der mit der Gemäldegalerie?«

»Ja. Er hat es mir heute gesagt.«

»Er hat eine Tochter, nicht wahr?«

»Ja, sie ist kaum jünger als die Deutsche, die Jacques heiraten will. Nathalie, so heißt seine Tochter, ist noch keine sechzehn und möchte auf die Kunstakademie.«

Candille lächelt, als würde ihn diese Vorstellung amüsieren.

»Einstweilen schminkt sie sich wie ein Mannequin und treibt sich mit langhaarigen jungen Männern in den Nachtlokalen in Saint-Germain-des-Prés herum.«

Sein Lächeln ist ansteckend, ich lächle auch. Er fragt:

»Wie denken Sie darüber?«

»Vor dreißig oder vierzig Jahren wäre ich schokkiert gewesen. Ich hielt mich zwar für frei in meinen Anschauungen, aber im Grunde steckte ich voller Vorurteile. Ich habe zum Beispiel gezögert, Pat zu heiraten, wegen ihres Berufs. Die Zeiten haben sich geändert.

Mein Sohn heiratet mit achtunddreißig ein achtzehnjähriges Mädchen.

Ich habe mit achtundfünfzig eine zweiunddreißigjährige Italienerin geheiratet, für die es die dritte Ehe war.«

»Für Sie doch auch, oder?«

»Für mich auch...«

»Was ist aus ihr geworden?«

»Ich lese manchmal ihren Namen in der Zeitung, vor allem in ausländischen Zeitungen. Sie hat einen ziemlich berühmten Hollywood-Schauspieler geheiratet. Er war kürzlich in Spanien bei Dreharbeiten, und es wurde über Beziehungen meiner Exfrau zu einem Stierkämpfer geredet.«

Auch sie muß gealtert sein. Sie ist eine Frau von fast fünfzig Jahren, und ich stelle sie mir mit Falten in den Augenwinkeln vor. Sie hatte bereits ganz feine, als wir uns trennten.

Kämpft sie darum, koste es, was es wolle, den Anschein von Jugend zu wahren, und verbringt sie einen großen Teil ihrer Zeit in Schönheitsinstituten? Wenn wir, als sie noch meine Frau war, in die Stadt zum Essen gingen, lag sie vorher zwei Stunden lang in der Dunkelheit unbeweglich auf dem Bett mit irgendeiner Kosmetikmaske auf dem Gesicht.

Wir messen der Schönheit große Bedeutung bei. Sie entscheidet fast immer über unsere Wahl. Aber wie lange hält sie an? Und wieviele Jahre bleiben einem danach noch zu leben?

Wenn man noch einmal von vorn anfangen könnte, ... Ja, was würde ich tun? Vermutlich dasselbe. Ich würde genauso leben und an denselben Punkt gelangen, an dem ich jetzt bin.

Ich beklage mich nicht. Ich betrachte Candille, der genüßlich seine Zigarre raucht und hofft, daß das Telefon nicht klingelt. Er kann seine Wohnung nicht verlassen, ohne zu sagen, wohin er geht, für den Fall, daß einer seiner Patienten ihn braucht.

Er geht nie mit der Sicherheit schlafen, daß er bis zum Morgen im Bett bleiben kann, und wenn er zu mir zum Abendessen kommt, bringt er seine Arzttasche mit, um für den Notfall gerüstet zu sein.

Wir reden eine gute Weile über die Jugend und sind ganz einer Meinung. Im Grunde hat sich nichts geändert. Als wir jung waren, hatten wir dieselben Wünsche, dieselben Erwartungen und dieselben Abneigungen wie die Jungen heute. Der Unterschied ist nur, daß es uns nicht erlaubt war, sie zu äußern.

Und so spielten wir eben Versteck. Ich habe gelogen wie alle anderen auch damals. Mein Vater hat sicher ebenfalls gelogen. Zweimal im Jahr besuchte er alle seine Lieferanten und blieb jedesmal zwei Wochen aus. Ich bin überzeugt, daß er während dieser Zeit Abenteuer hatte. Vielleicht keine berauschenden Abenteuer, aber er hatte welche.

Seine Urenkelin mit kaum sechzehn Jahren denkt

sich nichts dabei, wenn sie ständig in Nachtlokale geht.

»Haben Sie sie schon lange nicht mehr gesehen?«

»Vor ungefähr zwei Monaten. Auf der Straße. Ich machte Einkäufe in der Rue Saint-Honoré, und wir sind uns auf dem Trottoir begegnet.«

»Ist sie ein fröhliches Mädchen?«

»Ich hatte den Eindruck, daß sie das Leben von der richtigen Seite nimmt.«

Er schweigt, scheint nachzudenken und das Für und Wider abzuwägen. Sein Schweigen beunruhigt mich immer, vor allem, wenn er mich abhört. Er hat mehr Erfahrungen mit Menschen als ich.

Im Lauf seines Berufslebens hat er sicher Tausende von Fällen erlebt, und sie sind für ihn Richtpunkte, Vergleichsmöglichkeiten.

Ich als Bankier kann ohne große Gefahr, mich zu irren, sagen, ob jemand kreditwürdig ist oder nicht, und sogar, ob er mit seinen Unternehmungen Erfolg haben wird.

Candille sieht die Menschen nackt, entwaffnet durch ihre Krankheit. Da können sie nicht mehr lügen.

Plötzlich fragt er mich zum Beispiel:

»Langweilen Sie sich nie?«

Und das ist kein Gedanke, der ihm gerade durch den Kopf geht. Er hat mich sicher von Beginn des Essens an beobachtet. Wir haben über dieses und jenes gesprochen, doch er ist weiter seinem Gedankengang gefolgt.

»Das hängt davon ab, was man unter ›sich langweilen‹ versteht. Meine Söhne und meine Enkelin zum Beispiel würden mein Leben fade finden.«

»Und Sie?«

Ich bin verlegen. Das ist eine Frage, die ich mir immer verboten habe. Er sieht mich mit seinen malvenfarbenen Augen an, die einen kindlichen Schimmer bewahrt haben.

»Haben Sie nicht manchmal ein Gefühl der Leere?«

»Das kommt vor, wie bei jedem, nehme ich an.«

»Gehen Sie abends aus?«

»Fast nie.«

»Warum?«

»Wo sollte ich hingehen? Das Theater macht mir kein Vergnügen, das Kino habe ich nie besonders geliebt. Abendessen in der Stadt und Empfänge, das mag ich nicht. Hände schütteln, hören, was geredet wird, und immer wieder dieselben Sätze sagen...«

»Und hier?«

»Manchmal sehe ich fern, egal, ob das Programm gut ist. Wichtig sind die Bilder für mich. Man glaubt, die Welt zu kennen, weil man viel gereist ist, und entdeckt immer Neues. Auch die Gesichter, ihr Ausdruck...«

»Allein?«

»Ja. An anderen Abenden lese ich. Ich bin bestürzt darüber, wie wenig ich in meinem Alter weiß. Oft gehe ich in eine Buchhandlung auf der Rue Saint-Honoré, und wenn ich all die Bücher in den Regalen sehe, vom Boden bis zur Decke, fühle ich mich gedemütigt.

Dasselbe Gefühl habe ich, wenn ich in ein Spezialgeschäft mit englischen und amerikanischen Büchern auf der Avenue de l'Opéra gehe.

Eigentlich kennen wir vom Leben, wenn wir es verlassen, nur einen winzigkleinen Teil...«

»Was für Bücher sind das?«

»Alle... Alle möglichen. Mich interessiert alles. Technische Neuigkeiten zum Beispiel, obwohl mir die Grundkenntnisse fehlen, um alles zu verstehen. Oder Memoiren. Sie enthüllen mir Menschen, die ich hinter den historischen Persönlichkeiten nie vermutet hätte.«

»Wann gehen Sie schlafen?«

»Gewöhnlich gegen elf Uhr.«

»Schlafen Sie gut?«

»Ich brauche ziemlich lang, bis ich einschlafe. Dann schlafe ich bis morgens durch. Warum?«

»Nur so...«

Er blickt um sich, als wolle er die Größe der Wohnung hinter den lederbespannten Wänden abschätzen. Bei ihm gibt es außer dem Sprechzimmer nur noch vier Zimmer, die alle zusammen in meinem Salon Platz hätten.

Für ihn muß ich mich in diesen Riesenräumen ganz klein, ganz unbedeutend, ganz verloren ausnehmen.

»Sie reisen nicht mehr?«

»Ich hasse Touristen. Sobald er den Fuß auf fremden Boden setzt, wird der Mensch anmaßend und grob.«

Nach kurzem Schweigen füge ich hinzu:

»Finden Sie, daß ich schlecht aussehe?«

»Ich mißtraue der Melancholie.«

Ich fürchte, ich werde rot, und er merkt es. Er sagt aber noch:

»Der Melancholie und der Resignation.«

»Ich bin nicht resigniert. Im Gegenteil. Ich genieße jeden Augenblick des Tages.«

Ich weiß, was er denkt, wie er diese Bemerkung aufnimmt. Ich genieße *absichtlich*. Aufgrund von Bemühung, von Disziplin. Vor zwanzig Jahren bin ich nicht zehnmal am Tag zum Fenster gegangen, um auf die Place Vendôme hinunterzusehen. Ich bin auch nicht durch die Zimmer gewandert, um mich an meinen Bildern zu erfreuen. Ich habe nicht im Vorübergehen den Frauenkopf von Rodin gestreichelt ...

All das war der äußere Rahmen meines Lebens, mehr nicht.

Leben war in mir selbst, und es war nicht nur der Wille, weiterzuleben.

Ich bin Candille nicht böse. Er hat nicht nur ins Blaue gesprochen. Im Nachhinein verstehe ich immer, warum er dieses oder jenes gesagt oder getan hat. Auch wenn er mein Freund ist, in erster Linie ist er Arzt. Er ist wieder gegangen mit seiner Arzttasche, die er so oft mit sich herumgeschleppt hat, daß sich seine rechte Schulter nach unten neigt.

Ich mache alle Lichter aus, auch darin bin ich eigen. Madame Daven hat gehört, wie ich die Wohnungstür geschlossen habe, und erwartet mich im Schlafzimmer. Auch sie beobachtet mich, nur mit anderen Augen als Candille.

»Sind Sie enttäuscht?« fragt sie mich, während ich mein Jackett und meine Krawatte ablege.

»Warum fragen Sie mich das?«

»Für gewöhnlich regt es Sie an, wenn der Doktor abends bei Ihnen ist.«

Ich weiß. Heute abend hat er mich nachdenklich gemacht. Es ist, als hätte er gewollt, daß ich nachdenke und entdecke, daß ich an meinem Lebensstil etwas ändern muß.

Was? Ich weiß es nicht. Er wahrscheinlich auch nicht. Was ist es, das ihn an mir beunruhigt?

»Er befürchtet, daß ich mich langweile«, sage ich schließlich.

»Und Sie langweilen sich nicht?«

Vielleicht irre ich mich, aber ich glaube eine gewisse innere Bewegung in ihrer Stimme zu hören. Auch sie ist allein. Ich weiß von keiner Familie, und sie bekommt nie Besuch. Theoretisch hat sie einen freien Tag pro Woche und ihre freien Abende, aber sie bleibt meistens zu Hause.

»Ich glaube nicht, daß ich mich langweile.«

Es liegt tiefer. Eben deshalb wollte Candille mich zum Nachdenken bringen.

»Langweilen Sie sich denn?«

Sie antwortet mit unerwarteter Heftigkeit:

»Niemals!«

Samstag und Sonntag habe ich mit einer Grippe im Bett gelegen. Ich habe Candille nicht gerufen, ich weiß, was er mir in solch einem Fall verordnet. Seit etwa fünfzehn Jahren habe ich regelmäßig ein- oder zweimal jährlich die Grippe, und ich hege die Vermutung, daß der Doktor in meinem Fall mit seiner Theorie recht hat. Womit ich nicht so weit gehen möchte zu behaupten, daß ich willentlich allem entfliehe oder daß es ein Mittel ist, mich in mich selbst zurückzuziehen.

Dennoch habe ich festgestellt, daß diese Grippeanfälle fast immer dann auftreten, wenn ich müde oder mutlos bin. Das Fieber aber ist da, die belegte Zunge, die tränenden Augen, das Halsweh.

Madame Daven hat mich um die Erlaubnis gebeten, sich vormittags und nachmittags in meinem Zimmer aufzuhalten, um in Reichweite zu sein, wenn ich etwas brauche.

»Ich kann mich auch im Studio einrichten, wenn Ihnen das lieber ist.«

»Bleiben Sie ruhig hier.«

»Stört es Sie, wenn ich lese?«

Es ist mir lieber, als wenn sie näht. Ich mag nähende oder strickende Frauen nicht. Das reicht weit zurück, in meine Kindheit, als ich meine Mutter, meine Tanten, die Nachbarinnen und die alten Frauen auf den Parkbänken stundenlang stricken sah.

Ich lese auch, wobei ich zwischendurch einnicke.

Am Sonntag stehe ich auf, verlasse aber noch nicht das Zimmer. Am Montag esse ich zu Mittag im Eßzimmer, und als Jeanne anruft, um sich zu erkundigen, ob sie zum Abendessen kommen kann, sage ich ja.

Bevor sie kommt, betrachte ich mich lange im Spiegel. Ich möchte ihr nicht allzu blaß und welk vorkommen. Meine Augen sind noch ein wenig fiebrig, und so sehe ich nicht allzu schlecht aus.

Sie kommt genau um halb acht, wie immer. Sie ist keine Frau, die jemand warten läßt, und sie hat ihren Tagesablauf perfekt organisiert, sie ist nie hektisch.

»Wie geht's dir?« sage ich und gebe ihr die Hand.

Seitdem wir geschieden sind, geben wir uns die Hand. Es ist eine natürliche Geste geworden; anfangs kam es uns komisch vor, nachdem wir uns so viele Jahre hindurch geküßt hatten.

Die Vergangenheit hat kaum Spuren hinterlassen. Ich kann mir kaum mehr vorstellen, daß wir zusammen im selben Bett gelegen haben und ich Spaß daran hatte, mit ihr zu schlafen.

»Und du?«

»Ich hatte eine kleine Grippe. Fürchtest du, du könntest dich anstecken?«

»Du weißt, ich habe eine eiserne Gesundheit.«

Sie altert gut. Es wäre zu erwarten gewesen, daß sie, klein und schmal, wie sie immer war, eintrocknen würde. Aber das Gegenteil ist der Fall. Sie ist weicher und runder geworden, ohne jedoch dick zu werden.

Ihre sehr intelligenten Augen haben einen gewissen Ernst angenommen, und man hat den Eindruck, daß sie alles verstehen und verzeihen kann.

Ich frage mich, wie es auf sie wirkt, hier als Gast hereinzukommen, nachdem sie einmal die Herrin des Hauses gewesen ist. In ihrem Zimmer ist nichts verändert worden. Die Möbel, auch die in ihrem Boudoir, hat sie nicht mitnehmen wollen, sie behauptete, sie paßten nicht in ihre neue Wohnung.

Meine italienische Gräfin, wie ich sie nannte, hat nicht die Zeit gehabt, etwas zu verändern, denn wir waren fast ständig auf Reisen.

Ich kenne die Wohnung nicht, in der Jeanne und Nathalie zusammen wohnen. Sie hat mich nie dorthin eingeladen, und ich habe sie nie darum gebeten, sie mir ansehen zu dürfen.

Ich kenne das Haus, es ist ein sehr modernes Haus, das anstelle von zwei dreistöckigen Häusern gleich beim Carrefour Montparnasse gebaut wurde. Jeanne wohnt im obersten Stock. Man hat sicher einen wunderbaren Blick von dort.

»Hast du Neuigkeiten von Pat? Glaubst du, sie hat Chancen durchzukommen?«

»Ich weiß nicht.«

In ihren Augen lag schon immer etwas Fragendes. Ich bin sicher, daß sie sich, seitdem wir uns kennen, fragt, ob ich ein perfekter Egoist bin oder nur unfähig, meine Gefühle zu äußern.

Ich berichte über Pat und den Tod meines Sohnes nach ihrem Geschmack viel zu ruhig.

Währenddessen mache ich ihr einen Martini dry und gieße mir ein halbes Glas Portwein ein.

»Auf deine Gesundheit.«

»Auf deine.«

Vom Salon aus gehen wir in mein Studio und warten, bis das Essen angekündigt wird. Ich mag das Wort Studio nicht, es erinnert mich an Kleinanzeigen. Aber Boudoir kann ich schließlich auch nicht sagen. Kleiner Salon wäre ebenfalls lächerlich.

»Was du für Jacques getan hast, ist großartig. Als er mir davon erzählte, war er noch ganz aus dem Häuschen. Der Arme hatte damit gerechnet, daß dich seine Heirat mit einem so jungen Mädchen mißlaunig machen würde.«

»Warum sollte es das ...«

»Das habe ich ihm auch gesagt. Er macht gerade Pläne mit seinem Architekten, aber ich glaube, daß er mit der Hochzeit nicht warten will, bis er einziehen kann. Ich habe mir den Laden und die Wohnung im ersten Stock angesehen. Sieht wirklich gut aus.«

Zwischendurch beobachtet sie mich. Das hat sie schon immer getan. Während all der Zeit, die ich mit ihr zusammengelebt habe, hatte ich das Gefühl, beobachtet zu werden.

Sie tut es immer noch. Sie findet mich wohl bei jedem Besuch etwas älter und etwas weniger schwungvoll. Ich nehme mich also zusammen. Was lächerlich ist, denn ich weiß, daß ich sie nicht täuschen kann.

»Langweilst du dich nicht?«

»Nein.«

»Bedauerst du es nicht, daß du die Leitung der Bank abgegeben hast?«

»Nein.«

»Du gehst noch jeden Vormittag hinunter?«

»Auch nachmittags.«

Ich will kein Mitleid, und ich merke, daß sie kurz davor ist, mich zu bemitleiden. Sie kennt die Zimmerfluchten dieser Wohnung und stellt sich mich darin offenbar winzig und gebrechlich vor.

Ich frage sie:

»Hast du diese Hilda schon mal gesehen?«

»Er hat sie mir vorgestellt, ja. Wir haben bei Lipp zusammen gegessen.«

Mir ist sie nicht vorgestellt worden. Ich werde der Letzte sein, der sie zu sehen bekommt. Ich gehöre nicht zu ihrem Clan.

Das ist vielleicht nicht das richtige Wort, aber mir fällt kein besseres ein. Es gibt eine natürliche Komplizenschaft zwischen ihnen, und wenn sie unter sich sind, können sie über Themen sprechen, die sie in meiner Gegenwart nicht anschneiden würden.

Das ist immer so gewesen. Auch Jean-Luc sieht seine Mutter jedesmal, wenn er in Paris ist, aber mich besucht er nur selten.

Ich bin sicher, daß sie mich mögen. Sie hegen vielleicht sogar eine gewisse Bewunderung für mich, für den Weg, den ich seit Mâcon durchschritten habe. Aber sie möchten mir nicht gleichen und nehmen mir die Umgebung übel, in der ich sie aufgezogen habe.

Es ist schwer zu erklären. Ich möchte nicht sagen, daß sie gefühllos sind oder daß sie es nur auf mein Geld abgesehen haben. Das wäre falsch. Der Zufall will es jedoch, daß sie nur zu mir kommen, wenn sie etwas brauchen.

Was reden sie so untereinander?

»Der arme alte Dad ...«

Ein Mann aus einer anderen Epoche, umgeben mit dem Dekor einer anderen Epoche ...

»Es ist sicher nicht lustig, tagaus, tagein so zu leben.«

»Er hat sich schließlich immer alles leisten können, oder?«

Das ist wahr. Ich habe mir nie etwas versagen müssen.

»Hat Nathalie dich nicht angerufen?«

»Wollte sie das?«

»Sie hat beiläufig erwähnt, daß sie dich in den näch-

sten Tagen mal sehen möchte, und ich habe ihr geraten, dich vorher anzurufen.«
»Wieso?«
»Damit sie dich nicht etwa stört.«
»Warum sollte sie mich stören.«
»Du könntest ja Besuch haben.«
»Du meinst eine Frau?«
»Zum Beispiel.«
»Ich empfange hier keine Frauen.«
Sie scheint erstaunt, dann setzt sie eine schelmische Miene auf.
»Und Madame Daven...?«
Ich werde rot. Ich habe Madame Daven nie angerührt, und Jeanne kennt sie kaum, denn zu ihrer Zeit war sie noch nicht im Haus. Erst als Nora wegging und ich wieder allein war, habe ich eine Haushälterin eingestellt.
»Du irrst dich.«
»Wie machst du's dann?«
Sie macht sich ein Vergnügen daraus. Sie hat schon immer gern indiskrete Fragen gestellt, selbst unsere Freunde hat sie in Verlegenheit gebracht.
»Ich gehe zu Madame Blanche.«
»Wer ist Madame Blanche?«
»Eine alte vornehme Dame mit weißen Haaren, die in einem Stadtpalais in der Rue de Longchamp wohnt. Es kann nicht jeder hinein, man braucht einen Ausweis, und am besten meldet man sich ein paar Stunden vorher an.«
»Verstehe.«
»Sie kennt etliche junge Mädchen...«

Ich will sie nicht fragen:
»Und du?«
Ich bin nicht so grausam, obwohl mich ihre Anspielung auf Madame Daven geärgert hat.

»Ich weiß nicht, was Nathalie dir erzählen will. Bei ihr muß man immer auf Überraschungen gefaßt sein.«

»Jacques hat mir von ihr erzählt. Daß sie sich schminkt und Zigaretten raucht. Und von den langhaarigen Freunden, mit denen sie die Nachtlokale in Saint-Germain-des-Prés unsicher macht.«

»Ich warne sie und versuche, sie davon abzuhalten. Wenn sie so weitermacht, wird sie ihre Gesundheit ruinieren.«

Wir begeben uns zu Tisch. Ich lasse Champagner servieren. Jeanne hat immer gern Champagner zum Abendessen getrunken, und wirklich nur, weil er ihr schmeckt. Eine leichte Suppe, eine halbe Taube, viel Salat und kein Nachtisch.

»Wovon habe ich gesprochen? Ach ja! Ich frage mich, wie ihre Nerven das aushalten. Und dabei verbringe ich fast alle meine Abende zu Hause, es kommt höchst selten vor, daß ich nach dem Abendessen noch ausgehe.

Sie streicht um mich herum, um sich Mut zu machen, und dann sagt sie nachlässig:

›Siehst du fern?‹

›Nein.‹

›Stört es dich, wenn ich noch ein Stündchen ausgehe? Ich laß dich ungern allein, aber . . .‹

›Ein Stündchen?‹

›Vielleicht etwas länger...‹

›Vergiß deinen Schlüssel nicht.‹

Denn ich weiß, daß sie nicht vor ein oder zwei Uhr morgens heimkommt.«

Jeanne zündet sich eine Zigarette an, und als sie die Lippen zuspitzt, merke ich, daß sie um den Mund herum am meisten gealtert ist. Links und rechts ist ein ziemlich tiefer Graben, als wären ihr die Kiefer eingesunken.

»Manchmal führe ich sie zum Abendessen aus, obwohl ich weiß, daß ihr meine Gesellschaft nicht sonderlich behagt. Andererseits hat sie eine gewisse Treuherzigkeit bewahrt.

Eines Tages hat sie mich gefragt:

›Weißt du, seit wann Jacques und Hilda zusammen schlafen?‹

›Ich wußte gar nicht, daß sie es tun.‹

›Hast du es dir nicht denken können?‹

›Es ist mir nicht eingefallen, darüber nachzudenken. Wen hast du gefragt? Deinen Vater?‹

›Hilda. Sie ist ein tolles Mädchen. Jacques hätte auch eine Frau in seinem Alter nehmen können, die ich nicht gemocht hätte.‹

Sie nennt ihren Vater nach wie vor Jacques, und ich bleibe Jeanne.«

Nur ich bin Daddy. Wahrscheinlich weil sie nicht Großvater sagen wollen.

»»Er hat sich eine ausgesucht, die fast so alt ist wie ich, und wir können Freundinnen sein, das heißt, das sind wir ja schon.‹

›Ich hoffe, du wirst sie nicht zu oft stören.‹

›Ich störe sie nicht. Wenn ich stören würde, würde Hilda es mir sagen. Sie sagt mir alles. Ich ihr auch.

Sie hat Jacques vor vier Monaten kennengelernt, und drei Tage später hat sie mit ihm geschlafen. Er war nicht der erste, vor ihm hatte sie einen Musiker, einen englischen Gitarristen.‹

Das ist unsere Enkelin.«

Sie hat mich verblüfft angesehen, denn ich blieb ruhig und lächelte leise.

»Das beunruhigt dich nicht?«

»Was würde es nützen?«

»Es ist dir ganz gleichgültig, was passieren kann?«

»Nein. Ich habe nur gelernt, daß man das Schicksal eines Menschen nicht ändern kann.«

»Du hast das meine verändert.«

»Nicht unbedingt. Du hast hier gelebt, und du hast zwei Kinder geboren. Trotzdem bist du deinem Beruf treu geblieben und bist heute da, wo du hinwolltest: du hast einen Posten als Chefredakteurin.«

»Soll das ein Vorwurf sein?«

»Nein. Und weder du noch ich hatten den geringsten Einfluß auf Jean-Luc. Oder vielmehr war unser Einfluß ein negativer. Unsere Art zu leben hat ihn derart aufgebracht, daß er zu den Fallschirmjägern gegangen ist.«

Sie ist erstaunt, mich so reden zu hören, und was sie am meisten überrascht, ist der leichte Tonfall, den ich anschlage. Ich spiele damit nichts vor. Ich fühle mich plötzlich wirklich leicht.

Ich sehe sie an, und zum ersten Mal fühle ich mich jünger als sie und freier von Konventionen.

»Sport und frische Luft hat er immer geliebt«, versucht sie zu protestieren.

»Wie du meinst. Hat Jacques immer die Bohème geliebt? Warum hat er sich, sobald es ging, der Bohème in Saint-Germain-des-Prés angeschlossen?«

Sie ist verdutzt, als wären ihr solche Gedanken nie gekommen. Ich merke, daß ich sie schockiere, sie, die so viel erlebt hat.

»Und jetzt kommt eben die Reihe an Nathalie. Sie fängt früher an als die anderen, vielleicht weil sie ein kleines Weibchen ist, vielleicht auch einfach nur, weil sie den Weg vorgezeichnet findet.«

Sie lacht gezwungen.

»Und ich habe mich auf Vorwürfe gefaßt gemacht!«

»Wieso?«

»Du hättest es mir ja ankreiden können, daß ich ihr zuviel Freiheit gelassen habe.«

Ich lächle sie an.

»Du bist ein komischer Mann, François...«

»Ich habe nur mit den Jahren ein paar kleine Dinge begriffen.«

»Ich auch. Aber ich glaube langsam, daß ich altmodischer geblieben bin als du. Es beunruhigt dich überhaupt nicht, daß sie sich in Zukunft öfter am Quai des Grands-Augustins aufhält als bei mir zu Hause?«

»Das wird ja nicht ewig so bleiben.«

»Warum?«

»Weil Jacques und seine Frau bald genug haben werden. Vor allem seine Frau. Sie hat zum ersten Mal einen eigenen Haushalt, einen eigenen Mann, eine eigene Wohnung, und sie wird nicht teilen wollen.«

Bin ich mir da so sicher?

Wenn Jean-Luc nach Paris kommt, wohnt er bei seinem Bruder, und Jacques fährt mehrmals jährlich nach St. Tropez.

»Nach dem, was Nathalie mir erzählt hat, sieht es nicht so aus.«

»Und was hat sie erzählt?«

»›Weißt du, Jeanne, wir sind eine Gang, und Jean-Luc gehört dazu. In den Ferien fahren wir alle nach St. Tropez, und vielleicht verbringen wir Weihnachten sogar in Megève.‹«

Es schmerzt mich ein bißchen. Ein ganz kleines bißchen. Geht es meiner ehemaligen Frau auch so?

Sie wird fast von allem unterrichtet, man zieht sie ins Vertrauen. Sie wird nicht dazu aufgefordert, ein Mitglied der Gang zu sein, wie Nathalie sich ausdrückt, aber man hält sie doch auf dem laufenden.

Sie haben sich eine ganz eigene Denkweise zugelegt, die der unseren in nichts verpflichtet ist. Wenn sie unter sich sind, sind sie entspannt, und nichts zählt mehr als das momentane Vergnügen.

Ich kann ihnen das nicht zum Vorwurf machen. Im Gegensatz zu Jeanne verurteile ich nicht. Ich habe mir immer Mühe gegeben, niemanden zu verurteilen.

»Halte ich dich auf, möchtest du schlafen gehen?«
»Nein.«
»Donald hinterläßt also eine Frau und drei Kinder?«
»Richtig.«
»Du hast dich ihrer angenommen, nicht wahr?«
»Natürlich habe ich das Nötige veranlaßt.«
»Sie tragen wohl deinen Namen?«

»Welchen sonst? Es sind ebenso meine Enkel wie Nathalie und wie diejenigen, die wahrscheinlich noch kommen.«

Ich empfinde eine innere Verhärtung. Auf die beiden Frauen, die ich vor und nach unserer Ehe hatte, ist Jeanne nie eifersüchtig gewesen, ebensowenig auf flüchtige Bekanntschaften.

Mit den Kindern ist es ganz bestimmt nicht so. Es sind ihre Kinder. Sie sieht offensichtlich mit einem schrägen Blick auf die Konkurrenz der drei Enkel in Amerika, die eines Tages ihr Erbteil fordern werden.

Ich lasse mich nicht beirren.

»Über das Mädchen weiß ich nichts, sie war nicht da, als Eddie Parker nach Newark gefahren ist. Aber der Älteste macht sich sehr gut. Er traut es sich mit seinen zwanzig Jahren zu, die Verantwortung für die ganze Familie zu übernehmen. Und was den Betrieb betrifft, so ist er nicht schwer zu leiten.«

»Und wenn er sich verliebt?«

»Habe ich mich aufgeregt, als Jacques zum ersten Mal geheiratet hat, und als er letzte Woche kam und von Hilda erzählte?«

»Das ist nicht dasselbe.«

»Wieso?«

Sie weiß nicht, was sie antworten soll.

»Wirst du hinfahren?«

»Ich glaube nicht.«

»Interessieren sie dich nicht?«

»Ich will es mir nicht zumuten, so viele Stunden im Flugzeug zu verbringen.«

»Es gibt auch Schiffe.«

»Ich möchte am liebsten überhaupt nicht mehr verreisen. Wenn sie mich später einmal kennenlernen wollen, können sie mich ja jederzeit besuchen.«

Ich nehme mir meine Grausamkeit übel. Jeanne ist nur eine Mutter wie alle Mütter.

All die Jahre, die sie meine Frau war, hat sie nie versucht, meinen Charakter oder meinen Lebensstil zu ändern, wie so viele Frauen es tun.

Wir waren vielleicht nicht lange ein Liebespaar, aber wir sind gute Freunde geworden.

Und wir sind es noch.

Ich beende das Thema, indem ich murmele:

»Das Leben ist unberechenbar.«

Das will nichts heißen. So wie die Dinge sich entwickeln, wird es da in zehn oder schon in fünf Jahren noch Privatbanken geben? Und womöglich wird es eines Tages als ein gräßlich veralteter Brauch angesehen, etwas zu erben ...

Jeanne steht auf.

»Ich laß dich jetzt allein.«

»Sag Nathalie, daß sie immer kommen kann, wenn sie es möchte.«

»Ich werd's ihr sagen.«

»Es würde mir große Freude machen. Danke für deinen Besuch.«

Sie lächelt.

»Mir scheint, du wirst etwas förmlich.«

Nun bin ich es, der lächelt.

Was soll's! Wir werden trotz allem gute alte Freunde bleiben.

5

Es ist Dienstag. Heute vor genau einer Woche habe ich Pats Brief bekommen.

Heute morgen hat sich etwas ereignet, das mir keine Ruhe läßt, und Jeanne ist unfreiwillig die Ursache davon. Sie hat gestern abend auf eine Weise über Madame Daven gesprochen, die mein Mißfallen erregte.

Nun habe ich sie heute morgen, als sie die Vorhänge aufzog, auf eine andere Art angesehen, als ich es sonst tue. Sie hat sich plötzlich umgedreht. Was hat sie in meinen Augen entdeckt? Jedenfalls ist sie rot geworden wie ich tags zuvor, und als sie mir meine Tasse Kaffee reichte, zitterte ihre Hand.

Ist das nicht lächerlich, mit vierundsiebzig Jahren? Ich denke viel über mein Alter nach, zu viel. Zum Beispiel gehe ich nur deshalb ab und zu in die Rue de Longchamp zu Madame Blanche, weil ich den alten Mann, der ich bin, keiner anderen Frau zumuten möchte als einer Professionellen.

Indessen fühle ich mich nicht alt. Ich weiß nicht, ob sich die anderen Männer meines Alters ebenso fühlen. Im Grunde, glaube ich, bin ich ein kleiner Junge geblieben.

Als junger Mann war ich davon überzeugt, daß man einmal erwachsen wird, daß im Leben der Augenblick kommt, wo man sich stark und selbstsicher fühlt und den Problemen klar und ruhig ins Auge sieht.

Das ist falsch. Einige spielen nur gut Komödie. Sie hüllen sich in strenge und würdevolle Kleidung und setzen künstlich eine tiefernste Miene auf. Man hat Titel erfunden und die sogenannten Ehrungen, Dekorationen, Akademien.

Und bei alledem bleiben die Leute doch kleine Jungen!

Eben bin ich noch rot geworden, als hätte man mich bei einer Unart ertappt. Was wird nun geschehen? Es geschieht mit Sicherheit etwas, und ich kann nur hoffen, daß es nichts verdirbt.

Warum fällt mir in der Badewanne die Geschichte ein, wie ich die Gräfin Passarelli kennengelernt habe? Vielleicht, weil ich mich da auch noch wie ein Knabe benommen habe, der gerade den Stimmbruch hinter sich hat.

Ich war achtundfünfzig. Sieben Jahre zuvor hatten Jeanne und ich uns scheiden lassen, und ich verspürte keinerlei Bedürfnis, mir wieder eine Frau zu nehmen. Ich hatte meine Abenteuer und genoß meine Freiheit.

Es war in Deauville. Ich spielte, und mir gegenüber saß ein schöner Mann mit weißen Haaren und einem jungen Gesicht, der Marquis d'Enanches. Warum waren wir plötzlich Gegner? Jedesmal, wenn er die Bank hielt, erklärte ich Banco, und er tat dasselbe, sobald die Reihe an mich kam. Bei jeder Runde erhöhten wir unsere Einsätze, und so spielten wir mit der Zeit ziemlich hoch.

Die anderen waren praktisch ausgebootet, und Neugierige standen um uns herum und verfolgten unser Duell.

Da kam eine junge Frau an den Tisch. Sie war in nüchternes Schwarz gekleidet und trug prachtvollen Diamantschmuck. Sie stellte sich hinter den Marquis, beugte sich zu ihm hinunter und küßte ihn auf die Wange. Er drehte sich lächelnd um und drückte ihr die Fingerspitzen.

Ich war überzeugt, daß sie sich liebten. Und mit einem Schlag kam mir die Idee, sie ihm auszuspannen. Aus reinem Mutwillen. So als wollte ich mich lediglich bestätigen. Es dauerte eine Woche, und zuletzt konnte ich nur gewinnen, indem ich von Heirat sprach.

Also habe ich sie geheiratet, und drei Jahre lang brachte sie mich an alle Orte, an denen sie sich gern aufhielt.

»Entschuldigen Sie, meine Liebe, aber ich werde mich wieder mehr in Paris aufhalten müssen. Meine Geschäfte erfordern es. Ich habe sie nur zu sehr vernachlässigt, seitdem wir zusammen sind.«

Wir haben uns nie geduzt, sie und ich, und es hat nie wirkliche Vertrautheit zwischen uns gegeben.

»Warum haben Sie mir das nicht eher gesagt?«

Sie sah mich mit großen erstaunten Augen an.

»Ich dachte, es bereitet Ihnen Vergnügen, sich mit mir zu zerstreuen.«

Sie hat vorgeschlagen, sich scheiden zu lassen, als wäre es das Selbstverständlichste auf der Welt, und das taten wir denn auch. Unterhaltszahlungen verlangte sie nicht.

War ich reifer, als ich vor ihr Jeanne heiratete? Zum ersten Mal begegnete ich einem jungen Mädchen, das ebenso intelligent wie anziehend war. Zuerst dachte ich, ich sei ein Freund für sie. Aber eines Tages haben wir zusammen geschlafen, und ich glaubte, es sei meine Pflicht, sie zu heiraten.

Und Pat...

Arme Pat! Ich denke an sie, wie sie im Bellevue in ihrem Bett liegt. Sie war einst Photomodell und hatte einen vollkommenen Körper. Sie war Amerikanerin, und ich war gerade dabei, Amerika zu entdecken...

Wenn ich tief in meinem Innern graben würde, würde ich vermutlich entdecken, daß viele meiner Handlungen nur dazu dienten, mich zu bestätigen. Wenn Männer unter sich sind, haben sie Schamgefühle, die sie in Gegenwart von Frauen ablegen. Ich habe nie einen Mann meines Alters gefragt, ob er Verwirrungen kennt, wie ich sie kannte.

Madame Daven hat mir einen Anzug ausgesucht, der für die Jahreszeit von reichlich hellem Grau ist. Die meiste Zeit wählt sie mir morgens meine Kleidung aus, und fast immer tippt sie richtig. Hat sie mir heute absichtlich denjenigen Anzug herausgeholt, der am jugendlichsten und heitersten wirkt?

Es macht mich verlegen. Auch sie, so scheint mir, sucht in meinen Augen Zustimmung.

»Tatsächlich, es scheint die Sonne«, sage ich und schaue aus dem Fenster.

Ich gehe fünf Minuten nach neun ins Büro hinunter wie gewöhnlich und setze mich an meine Post. Rechnungen vor allem, Spendenwünsche von allen möglichen Wohltätigkeitsvereinen, Briefe von berufsmäßigen Schnorrern, die nicht wissen, daß man ihre

Absichten mit ein wenig Erfahrung schon nach den ersten Zeilen errät.

Eine Todesanzeige. Auf Anhieb sagt mir der Name gar nichts. Lucien Lagrange, verstorben in seinem 87. Lebensjahr, und eine lange Liste von Titeln und Auszeichnungen.

Endlich komme ich darauf, daß er früher einmal Gouverneur der Bank von Frankreich war und wir uns ziemlich oft begegnet sind. Ich hielt ihn schon lange für tot.

Ich hole das rotgebundene Adreßbuch aus meiner Schreibtischschublade. Ich habe es am Boulevard Saint-Michel gekauft, als ich noch Student der Rechte war, und ich habe nie ein anderes gehabt. Es enthält die Namen all derer, die einmal meine Freunde waren, meine Kollegen, oberflächliche Bekanntschaften, und die von Frauen nebst ihrer Telefonnummer.

Jedesmal, wenn ich erfahre, daß einer von ihnen gestorben ist, streiche ich den Namen mit einem blauen Stift durch, und es gibt mehr durchgestrichene Namen als andere. Mein Adreßbuch erinnert an einen Friedhof.

Heute morgen blättere ich es durch. Da gibt es Leute, die ich längst vergessen habe. Bei einigen weiß ich nicht genau, ob sie schon tot sind. Sie sind von der Bühne verschwunden, genauer gesagt, sie sind aus meinem Gesichtsfeld verschwunden.

Die mich kennen, halten vielleicht ihr Buch ebenfalls auf dem neuesten Stand, und es wird ein Vormittag kommen, da bekommen sie eine schwarzumrandete Anzeige, und es ist mein Name, den sie durchstreichen.

Ich gehe besser in den Klub. Gymnastik. Massage. Ein paar Züge im Schwimmbecken.

»Sie haben wenigstens Willensstärke«, sagt René oft zu mir. »Und sehen Sie, wie gut Sie in Form geblieben sind.«

Er glaubt, mir damit eine Freude zu machen, aber für mich bedeutet es, daß ich ein lahmer Greis wäre, wenn ich das alles nicht täte.

Ein Greis – ein kleiner Junge: Warum sich mit solchen Gedanken abgeben?

Ich muß einmal wieder aufs Land fahren. Schon lange war ich nicht mehr richtig auf dem Land, in einem Dorf mit Kühen und Hohlwegen.

Früher habe ich mich manchmal von Emile irgendwohin fahren lassen, an einen Ort dreißig oder vierzig Kilometer von Paris entfernt. Ich habe ihm gesagt, er solle anhalten, und bin aufs Geratewohl losgelaufen. Manchmal bin ich in ein Gasthaus gegangen und habe mir ein Glas Landwein bestellt. Die Leute haben mich neugierig angeschaut, weil ich in einem Rolls-Royce gekommen bin.

»Place de l'Opéra, Emile.«

Ich habe das Bedürfnis, mich in der wogenden Menge zu bewegen, Schaufenster anzuschauen. Die Luft ist lau. In der Rue de la Paix kenne ich die meisten Geschäfte schon seit ewigen Zeiten.

Ich gehe ins Ritz in die Bar, um dort meinen Portwein zu trinken, und Georges, der Barkellner, läßt die Bemerkung fallen:

»Sie waren schon lange nicht mehr bei uns.«

Er betrachtet mich, wie um herauszufinden, ob ich mich verändert habe oder ob ich krank war.

»Sie sind immer derselbe! Voll in Form! Rank und schlank.«

Ich esse allein zu Mittag. Madame Daven trägt die Gerichte auf. Ich habe mich nicht geirrt heute morgen, zwischen uns hat etwas stattgefunden. Ich weiß noch nicht, wie ich mich verhalten soll, ob es nicht vielleicht am besten ist, die Dinge einfach übers Knie zu brechen.

Es ist seltsam, daß gerade Jeanne diese Situation herbeigeführt hat. Es konnte so aussehen, als hätte sie die Äußerung aus Zerstreutheit gemacht, aber wie ich sie kenne, hat sie nicht nur einfach ins Blaue geredet.

Mittagsschlaf. Es ist ratsam, nicht nachzudenken. Nur Bilder vorbeiziehen zu lassen, am besten sehr alte Bilder. Oft suche ich nach Bildern aus meiner Kindheit, vor allem solchen, die ein wenig verschwommen sind. Mit der Zeit fließen sie ineinander, und das bedeutet dann, daß ich nahe am Einschlafen bin.

Ich bin überrascht, die Sonne ins Zimmer scheinen zu sehen. Madame Daven steht am Fenster und hat soeben die Vorhänge aufgezogen.

»Diesmal haben Sie richtig geschlafen, nicht?«
»Ich glaube, ich habe sogar geträumt.«

Ich versuche vergebens, den Traum wieder heraufzuholen. Es war ein sehr sanfter Traum.

»Im Salon wartet jemand auf Sie.«
»Wer?«
»Eine junge Frau. Sie hat nur gesagt, ich soll Hilda anmelden.«

Jeanne hat ihr wohl gesagt, daß man mich am ehesten nach dem Mittagsschlaf antrifft.

»Ist sie allein?«

»Ja.«

Das kommt mir eigenartig vor, aber ich bin inzwischen an seltsame Begebenheiten gewöhnt. Ich nehme mir Zeit. Die Kaffeestunde ist mir eine der liebsten des Tages, und ich trinke in kleinen Schlucken, wobei ich ein- oder zweimal ans Fenster trete.

Warum fällt mir die prunkvolle Epoche ein, in der die Place Vendôme erbaut worden ist? Es war die Epoche von Versailles. Die Menschen trugen Gewänder aus schimmernder Seide und Perücken.

Auch sie hatten den Drang, sich zu bestätigen. Ludwig XIV. zum Beispiel, der all das Gepränge um sich herum veranstaltete.

Ich gehe durch das Studio in den Salon. Ein hochgewachsenes blondes Mädchen, das vor dem Schleppkahn von Vlaminck steht, dreht sich schwungvoll um. Ich lese Überraschung in ihren Augen.

Erstaunt sie mein Anblick? Hat sie sich mich nach den Beschreibungen von Jacques und Nathalie anders vorgestellt? Größer? Dicker? Älter? Jünger?

Sie hat ein offenes Gesicht und sieht mich unverwandt an.

»Ich bin, glaube ich, etwas unhöflich, nicht wahr?«

Ich gebe ihr lächelnd die Hand. Sie trägt einen sehr kurzen Schottenrock, weiße Kniestrümpfe und Mokassins.

Ihre beigefarbene Bluse läßt sie vollends wie eine Oberschülerin erscheinen, aber sie ist einen guten Kopf größer als ich.

»Ich dachte, wenn ich warte, bis Jacques mich einmal vorstellt...«

»Er ist vermutlich zu beschäftigt mit der Einrichtung seiner neuen Räumlichkeiten.«

»Sie können sich nicht vorstellen, in welchen Zustand ihn Ihre Großzügigkeit versetzt hat. Er sprudelt nur so vor Ideen. Jeden Tag hat er neue, und der arme Architekt weiß nicht, bei welcher er bleiben soll.«

Sie spricht französisch, ohne die Worte suchen zu müssen, mit ganz leichtem Akzent.

Sie dreht sich wieder zu dem Vlaminck um.

»Wundervoll, nicht? Es muß herrlich gewesen sein, in dieser Epoche zu malen.«

Dann blickt sie um sich und wiegt den Kopf. Der Salon beeindruckt sie offensichtlich.

»Ich hätte nicht gedacht, daß es sowas noch gibt.«

Sie zeigt nacheinander auf die Bilder:

»Ein Cézanne ... Ein Picasso ... Ein Juan Gris ... Es sind ausgesprochene Museumsstücke, wissen Sie das?«

Ich lächle sie an. Man spürt, sie ist geradlinig und unkompliziert. Ich sehe keine Schminke. Vielleicht ein wenig Puder und eine Spur Lippenstift.

»Und der Ausblick ... Ich bin sicher, die Möbel sind echt ...«

»Ja. In meinem Studio hängt mein Lieblingsbild, ein Renoir ... Wollen Sie ihn sehen?«

Wir gehen durchs Eßzimmer, und weiterhin schaut sie alles mit großen erstaunten Augen an. Als wir ins Studio kommen, ist sie so verblüfft, daß sie sich lebhaft nach mir umdreht.

»War das Ihre Idee, die Wände mit Leder zu bespannen?«

»Ich dachte mir, es wirkt männlicher.«

Sie betrachtet mein badendes Mädchen beinahe zärtlich.

»Damit hätte ich nicht gerechnet. Ich dachte, ich komme in eine kalte nüchterne Wohnung, wie es bei reichen Leuten üblich ist. Sammeln Sie schon lange?«

»Ich bin kein Sammler, ich habe lediglich ein paar Bilder gekauft, die mir gefielen, einige, als ich nicht viel Geld hatte. Sie kosteten nicht viel damals.«

»Es ist wie im Märchen.«

Sie hat lange Beine, lange Oberschenkel, hellblondes Haar. Neben ihr muß Nathalie schrecklich gekünstelt wirken. Oder eher sehr kindlich, denn ihre Schminke, ihre Zigaretten, ihre Mätzchen wird sie eines Tages sicher ablegen.

»Ist es wahr, daß Sie sofort einverstanden waren, als Jacques den Wunsch äußerte zu heiraten?«

»Er ist doch erwachsen, oder?«

»Gewiß. Aber es hätte Ihnen ja nicht recht sein können, daß eine Fremde in die Familie kommt.«

»Ich nehme an, Sie werden nicht lange eine Fremde bleiben.«

»Welchen Eindruck mache ich auf Sie?«

Ihre Direktheit verwirrt mich.

»Den Eindruck eines gesunden und frischen großen Mädchens.«

»Komme ich Ihnen nicht naiv vor?«

»Eher spontan. Was kann ich Ihnen anbieten? Einen Scotch?«

»Sie haben wohl keinen Fruchtsaft?«

»Doch, sicher.«

Ich läute. Madame Daven merkt sofort, daß wir bereits Freunde sind, Hilda und ich.

»Was für Fruchtsaft haben wir?«

»Orangen, Himbeer, Zitrone.«

»Himbeer, wenn es Ihnen recht ist. Und Sie, trinken Sie nichts?«

»Ich habe eben meinen Kaffee getrunken.«

»Ich weiß. Nach dem Mittagsschlaf. Ich bin über vieles unterrichtet. Nur habe ich es mir anders vorgestellt.«

Wir sitzen uns in den Ledersesseln gegenüber, und ich bin ihr dankbar, daß sie nicht unaufhörlich an ihrem Rock zupft wie die meisten Frauen, die kurze Röcke tragen. Es macht ihr nichts aus, daß ich ihre Schenkel zur Hälfte sehe. Sie könnte Nudistin sein.

»Aus welchem Teil Deutschlands kommen Sie?«

»Aus Köln. Mein Vater ist Klavierlehrer. Wenn ich das sage, werde ich immer verdutzt angeschaut, die Leute können sich nicht vorstellen, daß noch jemand Klavierspielen lernt. Ich habe noch zwei jüngere Brüder, und auch meine Mutter ist noch sehr jung.«

»Haben Sie ihnen mitgeteilt, daß Sie heiraten?«

»Klar. Ich schreibe ihnen zwei, bis dreimal pro Woche, vor allem meinem Vater. Wir sind wie Komplizen, wir beide.«

Ich beneide den Mann. Diese Freude habe ich nie gehabt.

»Als ich mich zum Beispiel entschlossen hatte, in Paris zu studieren, habe ich es zuerst ihm erzählt. Meine Mama hätte sich furchtbar aufgeregt und alles in Bewegung gesetzt, um mich davon abzuhalten. Mein

Vater hat die Sache in die Hand genommen. Mit seiner Sanftmut und Geduld erreicht er immer, was er will.«

Sie trinkt den Himbeersaft wie ein Kind, unter ihren Lippen zeichnet sich ein lila Rand ab. Sie merkt es an meinem Blick, holt ein Taschentuch aus ihrer Handtasche und befeuchtet es mit der Zunge.

»Hat Jacques Ihnen gesagt, wie wir unsere Hochzeit haben möchten?«

»Er hat keine Andeutung gemacht. Meine Jungen und meine Enkelin verraten mir sehr wenig über ihr Privatleben.«

»Wieso?«

»Wahrscheinlich halten sie mich für zu alt, um sie zu verstehen.«

»Sie sind nicht alt. Ich erzähle meinem Vater alles. Als ich mich in Jacques verliebte und mit ihm ins Bett ging, habe ich es ihm auch geschrieben.«

Es ist wunderbar. Man wird nicht müde, sie anzusehen und ihr zuzuhören, und man fragt sich, warum man, als man jung war, nicht das Glück gehabt hat, einem solchen Mädchen zu begegnen.

Ist sich mein Sohn der Seltenheit seiner Entdeckung bewußt? Besteht nicht die Gefahr, daß er sie verdirbt, wenn er sie in die Gesellschaft von Saint-Germain-des-Prés einführt, sie nach St. Tropez mitnimmt und was weiß ich noch?

»Übrigens werde ich auch Ihnen immer sagen, was ich denke. Darf ich Sie ab und zu besuchen?«

»Ich wäre entzückt.«

»Nathalie kommt nicht sehr oft zu Ihnen, nicht wahr?«

»Nur wenn sie etwas braucht.«

Sie schüttelt den Kopf.

»Man darf es ihr nicht übelnehmen. Es ist nicht ihr Fehler, wenn sie schwierig ist. Ich glaube, daß sie unglücklich ist. Also geht sie aus, irgendwohin, wenn es nur laut ist, viele Leute da sind, viel geraucht wird und Musik spielt.«

»Und Sie?«

»Ab und zu gehe ich mit in Lokale, wenn Jacques mich ausführt.«

»Sie sind sehr befreundet mit Nathalie?«

Sie zögert, das spüre ich. Dann sagt sie schlicht:

»Ich habe sie sehr gern.«

»Geht Sie Ihnen nicht ein bißchen auf die Nerven?«

»Auf die Nerven, nein. Manchmal ist sie etwas anstrengend. Sie muß immer etwas unternehmen, irgendwohin gehen. Sie kann es nirgendwo lange aushalten, und ich kann ihrem Rhythmus nicht folgen. Sagt man so?«

»Sehr richtig.«

»Sie freut sich auf die Akademie. Sie braucht dann sicher ein Atelier. In der Wohnung ihrer Großmutter ist kein Platz zum Malen.«

»Was hat sie vor?«

»Sie will ein Atelier mieten und da allein leben.«

Sie wartet auf eine Reaktion von mir. Die Tatsache, daß ich nicht protestiere, erstaunt sie.

»Jeanne würde bestimmt nicht ...«

Sie nennt meine Exfrau beim Vornamen.

»Schließlich wird Nathalie gerade sechzehn.«

»Und Sie?«

»Achtzehn, ich weiß! Und ich bin schon ein Jahr in Paris.«
»Haben Sie in Deutschland Französisch gelernt?«
»Ja. Mein Vater spricht sehr gut Französisch. Er spricht auch Italienisch und ein bißchen Spanisch. Welche Sprache sprechen Sie noch außer Ihrer eigenen?«
»Nur Englisch.«
»Ich spreche Englisch mit starkem Akzent. Ermüde ich Sie? Vielleicht bin ich schon viel zu lange geblieben, und für einen ersten Besuch ist das wahrscheinlich nicht angebracht.«
Sie lacht.
»Ich habe mir sagen lassen, daß Sie ein Herr sind, der großen Wert auf Formen legt.«
»Und? Bin ich es?«
»Sie sind sehr unkompliziert.«
Gibt es in der Familie nun endlich jemanden, der mich richtig einschätzt, oder ist der gute Eindruck, den ich heute mache, nur vorübergehend?
»Ich wollte von den Plänen sprechen, die Jacques bezüglich unserer Hochzeit hat. Wir haben beide keine Lust auf eine große Zeremonie mit beiden Familien, Onkeln, Tanten, Freunden. Schockiert Sie das?«
»Keineswegs.«
»Auch meinen Vater nicht. Er will nicht einmal nach Paris kommen. Wir werden ihn irgendwann besuchen ... Wir gehen ganz einfach aufs Standesamt, angezogen wie sonst auch, mit unseren beiden Zeugen, wir wissen noch nicht, wer das sein wird. Und dann essen wir gut zu Mittag und zu Abend, allein zu zweit.«
»Sie essen gern gut?«

»Ja, sehr. Später werde ich sehr dick werden, ich habe Jacques bereits gewarnt.«

»Wollen Sie verreisen?«

»Wozu? Wir gehen dann wieder nach Hause. Wir hatten gehofft, daß es in der neuen Wohnung sein wird, aber wir haben nicht die Geduld, so lange zu warten. Es muß alles neu gestrichen werden, die Wände sind sehr schmutzig. Man merkt, daß alte Leute da gewohnt haben.«

Sie beißt sich auf die Lippen, was den Schnitzer noch unterstreicht. Dann wirft sie schnell einen Blick in die Runde.

»Es ist nicht so wie hier.«

Ich lächle, um ihr zu verstehen zu geben, daß ich nicht beleidigt bin.

Ich schaue noch in die Bank, obwohl für die Öffentlichkeit schon geschlossen ist, und kurz darauf kommt ein langes Kabeltelegramm von Eddie. Der Buchhalter, den er schließlich doch nach Newark geschickt hat, hat schnelle Arbeit geleistet. Er versichert, daß dreißigtausend Dollar reichen, um den Betrieb wieder flott zu machen und ihm darüber hinaus einen guten Start zu sichern.

Und ich habe Nachricht von Pat. Professor Penderton wird sie nächste Woche operieren, der genaue Termin steht noch nicht fest.

Ich antworte, wie sich von selbst versteht, daß Parker alles Nötige für die Werkstatt erledigen und mich über Pats Gesundheitszustand auf dem laufenden halten soll.

Der Besuch von Hilda hat mir gut getan. Ich fühle mich heiterer gestimmt und habe keine Lust mehr, wie die letzten Tage unaufhörlich zu grübeln.

Ich gehe ein bißchen aus. In einer Auslage sehe ich ein kleines englisches Kabriolett, das mir für eine junge Frau das Ideale zu sein scheint. Das wird mein Hochzeitsgeschenk für Hilda. So ist sie nicht wegen jeder kleinen Besorgung von ihrem Mann abhängig.

Noch eine kleine Begebenheit heute abend, was meine Beziehungen zu Madame Daven betrifft. Wie gewöhnlich wartet sie im Schlafzimmer auf mich, als ich zu Bett gehe. Wir wünschen uns eine gute Nacht. Als sie zur Tür geht, bleibt sie stehen, dreht sich nach mir um, öffnet den Mund, um etwas zu sagen, und geht dann eilends hinaus. Sie muß gleich darauf noch einmal zurückkehren, denn sie hat vergessen, das Licht auszumachen.

Ich schlafe wunderbar, ohne zu träumen, und wieder scheint die Sonne.

»Ich überlege, ob ich nicht aufs Land fahren soll«, sage ich zu Madame Daven, während ich meine erste Tasse Kaffee trinke.

Ich wage nicht, sie zu fragen, ob sie gern mitkommen würde. Sie geht praktisch nie aus dem Haus.

»Vielleicht esse ich in einem Gasthaus zu Mittag, das kommt darauf an.«

Ich gehe nicht in den Klub. Kaum werfe ich im Büro einen Blick in die Post. Emile erwartet mich mit dem Wagen vor der schweren Tür zur Einfahrt.

»Wohin sollen wir fahren?«

Wir sind früher oft die Seine stromauf- oder stromabwärts oder ins Chevreuse-Tal gefahren. Jetzt möchte ich die friedlichen Landstraßen von einst wiedersehen.

»Fahren Sie die Marne hinauf, so weit wie möglich, oder den Kanal entlang.«

Seit meiner ersten Rückkehr aus den Vereinigten Staaten bin ich dort nicht mehr gewesen. Pat wollte damals ein Ausflugslokal im Grünen kennenlernen. Man hat mir eins in der Umgebung von Lagny empfohlen, und wir sind hingefahren.

»Fahren Sie über Lagny.«

Es gibt nicht eins, sondern vier Ausflugslokale, die sich gegenseitig Konkurrenz machen. Genauer gesagt sind es beinahe luxuriöse Restaurants, in denen auch getanzt wird.

Wir fahren ziemlich weit, und auf dem letzten Schild steht der Name Tancrou. Ein Dorf. Gleich dahinter führt ein Weg zur Marne hinunter.

»Lassen Sie mich hier aussteigen und warten Sie auf mich.«

Es ist ein richtiger Feldweg, wie früher, mit einer Böschung zu beiden Seiten, die von einer Hecke überragt wird. Zweihundert Meter weiter sehe ich einen Bauernhof mit Hühnern auf einem Misthaufen, und Enten watscheln im Gänsemarsch zu einem Teich.

Ich habe nicht gewußt, daß es solche Teiche überhaupt noch gibt. Dieser hier ist mit Wasserlinsen bedeckt. Ich weiß nicht, ob das der richtige Name ist, aber so nannte ich sie als Kind, als ich in den Feldern spielen ging. Ich brauchte nicht weit zu laufen. Fast sofort hinter der Saint-Laurent-Brücke war man auf dem Land.

Ich habe immer in Städten gelebt. Bei Deauville kann man trotz des Parks nicht von Land sprechen. Beim Cap d'Antibes auch nicht.

Mit einem Mal bedaure ich das. Ich hätte mir wie viele Pariser einen Besitz mit einem Bauernhof kaufen sollen. Jetzt ist es zu spät dafür. Vielleicht wäre es auch für die Kinder gut gewesen.

Ich betrachte die Hecke und erkenne plötzlich die Blätter eines Strauches. Ich schaue an ihm hinauf und sehe die noch grünen Haselnüsse.

So gibt es also trotz der Flugzeuge, der Autobahnen und des chemischen Viehfutters noch Haselnußsträucher.

Ich entdecke Büschel von drei und mehr Nüssen. Ihre eng anliegende blaßgrüne Blatthülle ist wie ein winziges Kleid. Ich erinnere mich an das unangenehme Gefühl, das sie in meinem Mund hinterließ, wenn ich sie mit den Zähnen abzog.

Es ist töricht. Ich bin ganz verblüfft, wie bewegt ich bin. Als hätte ich eine Entdeckung gemacht. Und ich wiederhole:

»Es gibt noch Haselnußsträucher...«

Ich sehe darin so etwas wie ein Symbol, dessen ich mir nur undeutlich bewußt bin. Vielleicht bedeutet es, daß die Welt sich ändern kann, so sehr sie will, es wird immer an irgendeinem Ort frisches Grün geben.

Und die Menschen?

Ich versuche, an die Haselnüsse heranzukommen, aber sie hängen zu hoch für mich. Ich müßte auf die

Hecke klettern, die mit rutschigem Gras bedeckt ist, und könnte mir dabei einen Arm oder ein Bein brechen.

Ich gehe noch ein Stück weit den Weg entlang, ohne die Marne zu erreichen, und entschließe mich dann zum Umkehren.

»Und jetzt?« fragt Emile, als er sich wieder ans Steuer setzt.

Ich bin unschlüssig. Es gibt keine richtigen Landgasthöfe mehr, und jedesmal, wenn ich es mit einem versucht habe, habe ich in gekünstelter Atmosphäre schlecht gegessen.

»Nach Hause...«

Eigentlich hat mir das Land immer Furcht eingeflößt. Es repräsentiert die Natur in ihrer Brutalität, mit Stürmen, Unwettern, Überschwemmungen, Erdrutschen. Selbst die Feldblumen haben, ebenso wie das Gras, immer etwas Modriges, und jedes Dorf hat einen Friedhof.

Die Städte mit den Lampen an den Straßen, die automatisch angehen, ohne die Dunkelheit abzuwarten, sind nicht so beunruhigend.

Ich esse zu Mittag und lege mich hin. Die Zeit scheint seit Jahren stehengeblieben, es ereignet sich nichts mehr, ich laufe im Kreis wie ein Zirkuspferd.

Als ich aufwache, merke ich sofort, daß Madame Daven mir etwas mitzuteilen hat.

»Mademoiselle Nathalie wartet auf Sie.«

Das ist wirklich seltsam. Monatelang habe ich außer Doktor Candille keinen Besuch empfangen. Man könnte meinen, Pats Brief hätte alles ins Rollen gebracht. Jeanne war da. Dann kam Jacques. Gestern war es Hilda, und heute läßt sich Nathalie anmelden.

Man könnte meinen, sie haben sich abgesprochen. Es fehlt nur noch Jean-Luc.

Ich fahre kurz mit dem Kamm durchs Haar und rücke meine Krawatte zurecht. Ich trage ausgerechnet einen marineblauen Anzug. Als Nathalie noch ein kleines Mädchen war, mochte sie mich in Blau am liebsten.

Sie kommt gerade durchs Eßzimmer, als ich in den Salon trete. Sie hat lange genug im Haus gewohnt, um sich hier zu bewegen wie bei sich daheim.

Sie bietet mir ihre Stirn zum Kuß.

»Guten Tag, Dad.«

Hilda wird ihr wohl geraten haben, mich zu besuchen, um mir eine Freude zu machen. Als ich mir aber meine Enkelin näher ansehe, komme ich zu einem anderen Schluß.

Ihr Gesicht ist verzerrt, sie hat Ringe unter den Augen, und ihre Lippen zittern, als wenn sie Angst hätte oder die Tränen zurückhalten müßte.

Ich lege ihr die Hand auf die Schultern und nehme sie mit mir ins Studio. Wenig fehlte, und ich hätte sie mir auf die Knie gesetzt wie damals, als sie klein war.

Sie setzt sich mir gegenüber, und ich entdecke, daß sie ein Kleid trägt. Das kommt selten vor. Für gewöhnlich trägt sie Hosen oder einen Minirock mit Rollkragenpullover.

Sie hat das Kleid für mich angezogen.

»Ist was passiert?«

Sie mustert mich eingehend, als würde sie überlegen,

bis zu welchem Punkt sie sich mir anvertrauen kann. Sie hat mich nie als Beichtvater benutzt, und gerade das verwirrt mich heute.

Ich frage in unverbindlichem Tonfall:

»Verliebt?«

Sie antwortet tonlos:

»Das ist vorbei.«

»Hat er sich davongemacht?«

Sie zuckt die Achseln. Wird sie nicht im letzten Moment ihre Meinung ändern, aufstehen und weggehen? Ich muß sie zurückhalten. Sie wirkt so verzweifelt, daß es einem wehtut, sie anzusehen.

»Du weißt, mein kleines Mädchen, du kannst mir alles sagen, auch wenn es dir noch so schlimm vorkommt.«

Sie befreit sich mit einem Ruck und platzt heraus:

»Ich bin schwanger.«

Es gelingt mir, nicht mit der Wimper zu zucken, mich nicht überrascht zu zeigen.

»Du bist nicht die erste, der das passiert, das weißt du. Was meint der Vater dazu?«

»Der ist nicht mehr in Paris.«

»Wollte er dich heiraten?«

»Nein.«

»Und du hast trotzdem...«

»Ich habe ihn darum gebeten. Ich dachte, daß er aufpaßt.«

»Bist du ganz sicher, daß du schwanger bist? Warst du beim Arzt?«

»Gestern Vormittag.«

»Bei Candille?«

»Nein. Bei einem Arzt am Boulevard Saint-Germain.«

»Mit wem hast du bisher darüber gesprochen?«

»Mit Jeanne, gestern abend.«

Ihre Stimme klingt bitter.

»Sie hat mich nicht verstanden...«

»Was hat sie nicht verstanden?«

»Daß ich es nicht wegmachen lassen will.«

Ich wundere mich über meine Exfrau.

»Sie sagt, daß ich in meinem Alter, mager wie ich bin und noch nicht ausgewachsen, riskiere, daß es eine Fehlgeburt wird. Außerdem meint sie, daß das Kind mein Leben lang ein Hemmnis für mich sein wird.«

Sie schaut mich durchdringend an, und ich beherrsche mich, daß ich nicht wegschaue.

»Denken Sie das auch?«

Ich muß darauf eine Antwort geben, wenn ich nicht ihr Vertrauen verlieren will, ein so junges Vertrauen, daß es sicher noch zerbrechlich ist.

»Nein.«

Ihr Gesicht hellt sich auf.

»Sie meinen, ich kann es behalten?«

»Aber sicher.«

»Und es wird mir nicht das Leben verpfuschen?«

»Wir werden das schon so hinkriegen, daß nichts dabei verpfuscht wird.«

»Wie?«

»Das weiß ich noch nicht, ich muß erst darüber nachdenken. Was hat dich auf die Idee gebracht, zu mir zu kommen?«

»Hilda. Ich hab sie heut morgen angerufen, um sie

in einem Café zu treffen. Sie hat mir versprochen, nichts meinem Vater zu sagen.«

»Du möchtest nicht, daß er es weiß?«

»Noch nicht jetzt. Er ist so beschäftigt mit seiner neuen Wohnung, er lebt wie in einem Traum. Ich finde es nicht richtig...«

»Was ist Hildas Meinung?«

»Sie ist unschlüssig. Mal neigt sie mehr zu Jeannes Ansicht, mal ist sie eher auf meiner Seite. Sie war gestern bei Ihnen, und Sie haben sie mächtig beeindruckt. Komisch: Sie ist ganz hingerissen von Ihrer Wohnung. Sie findet außerdem, daß Sie jung geblieben sind und sehr freizügig denken.«

»Hast du was anderes gedacht?«

»Vielleicht.«

»Was hast du dir erhofft, als du hergekommen bist?«

»Ich weiß nicht...

Im Grunde gar nichts. Ich bin gekommen, wie man ins Wasser springt.«

»Ich werde heute abend mit deiner Großmutter telefonieren.«

»Dann mach ich es so, daß ich nicht zu Hause bin... Um wieviel Uhr?«

»Wann eßt ihr zu Abend?«

»Um halb neun, manchmal auch um neun. Manchmal kommt sie spät aus der Zeitung.«

»Ich werde also gegen zehn Uhr anrufen. Weiß sie, daß du hier bist?«

»Nein. Nur Hilda weiß es.«

»Hat sie dich herbegleitet?«

»Wie hast du das erraten?«

»Wo ist sie?«

»Sie wartet in einer Bar in der Rue de Castiglione auf mich. Du glaubst also wirklich, daß ich . . .«

»Daß du dein Kind zur Welt bringen kannst? Na und ob!«

Tränen fließen ihr über die Wangen. Vor mir sitzt wirklich ein kleines Mädchen.

»Entschuldigen Sie, ich bin so erleichtert. Meinen Sie, Sie können Jeanne überzeugen?«

»Ich zweifle nicht daran.«

»Wann soll ich wieder herkommen?«

»Übermorgen vielleicht.«

»Warum erst übermorgen?«

»Ich muß erst Erkundigungen einziehen.«

»Worüber?«

»Was man für die Zukunft unternehmen kann.«

Sie zögert noch eine Weile und sagt dann:

»Ich vertraue Ihnen.«

Ich kann es mir nicht verkneifen, ihr noch eine Frage zu stellen:

»Der junge Mann – war er der einzige?«

Sie nickt.

»Ist er Ausländer?«

»Nein, aber er lebt in Marokko.«

»Liebst du ihn nicht?«

»Ich verabscheue ihn.«

Wir schauen uns eine Weile schweigend an. Mir fällt nichts mehr ein, was ich sagen könnte. Ihr auch nicht. Sie steht zuerst auf, streckt die Arme aus und gibt mir einen Kuß auf beide Wangen.

»Danke, Daddy. Ich werd es nie vergessen.«

»Geh wieder zu Hilda und sag ihr, daß ich sie ebenfalls sehr, sehr nett finde.«

»Es hätte ihr genauso passieren können wie mir, sie hat es genauso gemacht. Sie hat ihn auch darum gebeten.«

»Ich weiß.«

»Wiedersehn, Dad. Kann ich übermorgen zur selben Zeit kommen?«

»Ich erwarte dich.«

Ich begleite sie zum Aufzug und schaue zu, wie sie langsam hinunterfährt. Ich weiß noch nicht, was ich tun soll, wozu ich mich entschließen soll, wen ich zuerst anrufen soll.

Ich setze mich wieder in meinen Sessel und wähle die Telefonnummer von Candille. Er hat jetzt Sprechstunde. Vormittags fährt er ins Amerikanische Krankenhaus von Neuilly, wo er fast immer zwei bis drei Patienten liegen hat. In einer halben Stunde macht er Krankenbesuche in seiner Umgebung.

»Hallo, störe ich Sie? Haben Sie gerade einen Patienten?«

»Perret-Latour?«

»Ja. Haben Sie heute Abend zufällig Zeit?«

»Nicht zum Essen.«

»Ich würde gern mit Ihnen über eine wichtige und dringende Angelegenheit sprechen.«

»Ich bin gegen zehn Uhr frei, vielleicht wird es auch ein wenig später. Soll ich dann vorbeikommen?«

»Ja, bitte.«

»Dann bis heute abend.«

Ich bleibe sitzen und blicke ins Leere. Ich sehe wieder das verzweifelte Gesicht meiner Enkelin vor mir und suche nach einer Lösung für sie. Jeanne hat nicht ganz unrecht. Was die medizinische Seite betrifft, da bin ich nicht zuständig.

Aber alles übrige? Es ist wahr, ein junges Mädchen mit einem Kind ...

Ich wähle eine andere Nummer, die von Terran, meinem Anwalt. Er wohnt am Quai Voltaire.

»Hier Perret-Latour.«

»Wie geht's dir?«

»Gut, danke. Ich befürchtete schon, du seist im Justizpalast.«

»Ich halte nur wenig Plädoyers!«

Er ist vor allem Wirtschaftsanwalt und sitzt im Verwaltungsrat der Bank.

»Hast du morgen vormittag Zeit?«

»Nur bis elf Uhr, da habe ich einen Termin in der Avenue George V.«

»Kann ich dich gegen halb zehn sprechen?«

»Gern.«

Ich gehe ohne rechte Lust in mein Büro hinunter und diktiere Mademoiselle Solange einige unwichtige Briefe. Sie merkt bestimmt, daß ich nur die Zeit totschlagen will, und schaut mich mehrmals neugierig an.

»Haben Sie nie den Wunsch gehabt zu heiraten?«

Ich weiß nicht genau, warum ich ihr diese Frage stelle. Sie muß fünfunddreißig oder sechsunddreißig Jahre alt sein.

»Nein.«

»Macht es Ihnen nichts aus, allein zu leben?«

»Ich lebe nicht allein. Ich wohne bei meiner Mutter.«

Hat sie Liebhaber gehabt? Hat sie jetzt welche? Meine Schwester Joséphine in Mâcon, die älteste von uns allen, ist neunundsiebzig Jahre alt und ihr Leben lang unverheiratet geblieben, und wahrscheinlich hat sie nie auch nur das kleinste Abenteuer gehabt. Allerdings war damals eine andere Zeit.

Was Nathalie und Hilda wohl in dem kleinen Café in der Rue de Castiglione miteinander reden? Ich kenne es, manchmal trinke ich dort einen Portwein.

Die Zeit vergeht. Ich gehe in die Wohnung hinauf und hole mir den ersten Band der Memoiren von Talleyrand. Ich besitze eine ganze Bibliothek von Memoiren und Briefwechseln, und das ist kein Zufall. Ich weiß, was ich darin suche, und ich bin nicht stolz darauf.

Wenn man die Schwächen und kleinen Feigheiten der großen Männer entdeckt, schämt man sich weniger für seine eigenen. Und ich muß zugeben, daß es mir nicht unangenehm ist, wenn ich erfahre, daß sie unter einem Gebrechen oder einer Krankheit gelitten haben.

Nach dem Abendessen lese ich weiter, und um zehn Uhr wähle ich Jeannes Nummer. Sie nimmt ab.

»Ist Nathalie ausgegangen?«
»Ja. Wolltest du mit ihr sprechen?«
»Nein.«
»Mit mir?« fragt sie erstaunt.
Sie versteht sofort.
»War sie bei dir?«

»Ja.«
»Und sie hat es dir gesagt?«
»Sie hat mir alles erzählt. Offenbar hast du ihr davon abgeraten, das Kind zu behalten.«
»Es ist doch die einzige Lösung, oder? Kannst du sie dir vorstellen, mit sechzehn Jahren und mit einem Baby? Und selbst wenn alles gutgeht... Was hast du zu ihr gesagt?«
»Das Gegenteil.«
Es verschlägt ihr den Atem, und ein Schweigen tritt ein.
»Hast du es dir auch gut überlegt?«
»Ich habe noch keine Lösung gefunden, aber ich werde eine finden.«
»Also deshalb hat sie heute abend mit so gutem Appetit gegessen. Was ich mich frage, ist, warum sie dich aufgesucht hat. In erster Linie geht es ja doch ihren Vater an.«
»Sieh zu, daß sie sich die nächsten Tage nicht zu sehr aufregt.«
»Wir müssen noch ernsthaft darüber reden.«
»Gern. Aber nicht zu bald. Ich brauche ein bißchen Zeit.«
Meine Worte machen sie stutzig.
»Du hast einen Hintergedanken...«
»Vielleicht. Entschuldige, wenn ich jetzt auflege. Ich erwarte jemanden, und er kommt gerade herein. Bis bald.«
Es stimmt. Candille kommt ins Studio und reicht mir die Hand. Da er nicht weiß, was ich von ihm will, hat er für alle Fälle seine Arzttasche mitgebracht.

6

Candille ist wahrscheinlich der Mensch auf der Welt, der mich am besten kennt, als Arzt und als Freund. Ich weiß, daß er sofort mit einem Blick meine innere Verfassung errät, und ich bin ihm dankbar, daß er nicht so auffällig wirkt, als würde er mich beobachten.

»Sie scheinen großartig in Form zu sein«, sagt er einfach und setzt sich in seinen gewohnten Sessel.

Denn wir haben seit langem im Studio beide unseren Platz, und ich habe dafür gesorgt, daß die Zigarrenkiste in seiner Reichweite ist.

Er stellt eine gewisse Aufgeregtheit bei mir fest, so als hätte ich wieder mehr Freude am Leben, und in der Tat fühle ich mich jünger, selbstsicherer, befreit von den düsteren Grübeleien, die mich in regelmäßigen Abständen heimsuchen.

Das verdanke ich Hilda und Nathalie. Daß sie zu mir gekommen sind, gibt mir das Gefühl, daß ich noch zu etwas nütze bin, und die Wohnung ist bereits nicht mehr so unermeßlich groß, unbelebt und leer.

»Sie kennen meine Enkelin?«

»Ich habe sie nie gesehen. Ich habe nur ihren Vater behandelt, als er noch ein kleiner Junge war und hier wohnte. Sie sprechen doch von der Tochter von Jacques? Wenn ich mich recht erinnere, hat er seine Frau verloren.«

»Ja, nach vier Jahren Ehe. Seine Tochter ist von Jeanne, meiner ehemaligen Frau, aufgezogen worden, und sie wohnt noch bei ihr am Boulevard Raspail.«

»Er hat eine Gemäldegalerie, nicht wahr? Mir scheint, ich habe seinen Namen über einem Schaufenster gesehen.«

»Sie werden ihn demnächst noch öfter sehen, denn er zieht an den Quai des Grands-Augustins.«

Ich fühle mich leicht. Ich jongliere. Ich werde meinem alten Freund Candille eine Überraschung bereiten, und ich zögere den Augenblick noch hinaus, um das Vergnügen zu verlängern.

»Er heiratet nämlich wieder. Eine junge Deutsche von achtzehn Jahren.«

»Geht er nicht auf die Vierzig zu?«

»Ja. Meine Enkelin ist ganz begeistert von ihrer zukünftigen Stiefmutter... Sie haben sich noch gar keine Zigarre angezündet.«

Er zögert, dann läßt er sich doch überreden. Er wagt mich nicht zu fragen, ob ich ihn hergebeten habe, um über Familienangelegenheiten mit ihm zu reden.

»Nathalie wird im März sechzehn Jahre alt, oder ist es Ende Februar? Ich irre mich immer in Geburtsdaten.«

Er sagt nichts, er zieht nur an seiner Zigarre.

»Sie ist heute nachmittag zu mir gekommen und hat mir eröffnet, daß sie ein Kind erwartet.«

Er zeigt keine Regung, aber ich kann spüren, daß es ihm einen leichten Schlag versetzt.

»Und das ist es auch, worüber ich mit Ihnen sprechen wollte.«

»Was will sie tun?«

»Sie will das Kind natürlich behalten, sie ist sehr stolz darauf.«

»War sie bei einem Arzt?«

»Ja, irgendwo am Boulevard Saint-Germain. Ich habe nicht daran gedacht, sie nach seinem Namen zu fragen.«

»Ist sie sonst gesund?«

»Sie ist mager wie eine Bohnenstange und läuft pausenlos auf Hochtouren.«

Er ist ein wenig verwundert, daß ich das alles in scherzhaftem Tonfall sage.

»Sagen wir, sie ist ein junges Mädchen, das unbedingt das Leben einer erwachsenen Frau führen möchte. In zwei Jahren hat sie drei- oder viermal die Frisur gewechselt. Sie probiert stundenlang Schminke aus, manchmal sind die Augenlider grün, dann wieder braun oder auch perlmuttfarben.

Schlafen ist für sie Zeitverschwendung, sie tut es erst, wenn sie buchstäblich umfällt. Sie hat sich vom Gymnasium wegschicken lassen und dann von einer Schule, die als wenig streng gilt. Sie wartet nur vorschriftsmäßig ihren sechzehnten Geburtstag ab, um auch von einer dritten Schule abgehen und in die Kunstakademie eintreten zu können.«

Man könnte denken, daß ich das alles wunderbar finde, und ich als erster bin erstaunt darüber.

»Die Abende und einen Teil ihrer Nächte verbringt sie in den Keller- und Nachtlokalen in Saint-Germain-des-Prés.«

»Und ihre Großmutter?«

»Ihre Großmutter ist dagegen machtlos. Würde man sie daran hindern, nach ihrem eigenen Kopf zu handeln, würde sie höchstwahrscheinlich davonlaufen, und Gott weiß, wo wir sie wieder auftreiben würden.«

»Und sie hält dieses Leben aus?«

»Das ist es eben, was mich vermuten läßt, daß sie eine stärkere Konstitution hat, als es aussieht.«

»Als erstes muß sie zu einem guten Gynäkologen.«

»Sie haben keine Bedenken, daß sie zu jung ist?«

»Ich messe dem Alter wenig Bedeutung bei. Ich habe Mädchen mit dreizehn Jahren gekannt, sogar eine mit zwölf, die völlig gesunde Kinder zur Welt brachten.«

Er denkt nach und zieht ein einfaches schwarzgebundenes Notizbuch aus der Tasche, wie man es in der Küche benutzt.

»Ich suche gerade die Nummer. Es ist ein alter Kollege von mir, Pierre Jorissen, heute einer der besten Gynäkologen in Paris. Er wohnt am Boulevard Haussmann. Ja, hier! Nr. 112. Er ist so beschäftigt, daß ich ihn besser gleich selbst anrufe. Sie erlauben? Es würde mich wundern, wenn er schon schläft.«

Er wählt eine Nummer und bleibt mit dem Hörer in der Hand stehen.

»Hallo, Pierre? Ich bin's, Alain. Bist du im Augenblick sehr beschäftigt? ... Wie immer, ja. Hör zu. Ich rufe dich von einem Freund aus an. Seine Enkelin ist knapp sechzehn und hat ihm erzählt, daß sie schwanger ist ... Das weiß ich nicht ... Nein ... Sie will keinesfalls auf das Kind verzichten.

Medizinisch kann das erst entschieden werden, wenn

du sie untersucht hast ... So bald wie möglich, ja. In solchen Fällen kann man ja nicht warten ... Mittag?«

Er wendet sich mir zu.

»Morgen mittag?«

»Das geht bestimmt.«

»In Ordnung. Sie heißt Nathalie. Ihr Familienname erscheint besser nicht in der Kartei, es ist die Enkelin von Perret-Latour ... Der Bankier, ja. Danke, alter Freund. Grüß deine Frau von mir.«

Er setzt sich wieder hin.

»Morgen wissen wir Bescheid. Wie steht es mit dem Vater?«

»Sie will den Vater nicht erwähnt haben. Soweit ich unterrichtet bin, hat sie eine böse Erinnerung an ihn und will, daß das Kind ihr gehört, ihr allein.«

Er pafft nachdenklich vor sich hin.

»Das wirft einige Fragen auf, was?«

»Ich treffe mich morgen mit Paul Terran, um den juristischen Standpunkt zu klären.«

»Viele Lösungen sehe ich da nicht. Entweder der Vater erkennt das Kind an und gibt ihm seinen Namen, ob er deine Enkelin nun heiratet oder nicht, oder man erklärt den Vater für unbekannt.«

»Ich habe an was anderes gedacht.«

»Woran?«

»Ich möchte noch nicht darüber sprechen. Ich würde nur gern wissen, was der Arzt, der bei der Geburt dabei ist, zu tun hat. Im allgemeinen geht der Vater zum Standesamt, um das Kind anzumelden?«

»Ja. Und der Arzt füllt ein Formular aus und schickt es zum Standesamt.«

»Das ist Vorschrift?«

»Absolut. In Entbindungsheimen, Kliniken und Krankenhäusern erledigt das die Verwaltung. Der Arzt braucht nur zu unterschreiben.«

»Und wenn er es nicht täte?«

»Das ist praktisch undenkbar.«

Meine Fragen beunruhigen ihn. Seine dichten Augenbrauen ziehen sich zusammen.

»Ich kenne jedenfalls keinen einzigen Mediziner, der sich in eine solche Situation begeben würde.«

Ich lasse das Thema fallen. Erst muß ich mit Terran darüber reden.

»Und Ihre ehemalige Frau, was sagt sie dazu?«

»Für sie steht fest, daß Nathalie das Kind wegmachen läßt. Sie meint, ihre ganze Zukunft stünde auf dem Spiel.«

»Ich verstehe.«

Auch er wägt das Für und Wider ab.

»Und Ihr Sohn Jacques? Schließlich ist er ihr Vater.«

»Er weiß noch nichts davon. Nathalie will ihm seine Hochzeit und seinen Umzug am Quai des Grands-Augustins nicht verderben. Also ich werde morgen gegen ein Uhr Jorissen anrufen, und gleich darauf rufe ich Sie an und sage Ihnen Bescheid.«

Er schaut auf die Uhr und erhebt sich.

»Es ist Zeit, daß ich mich schlafen lege. Ich stehe um sechs Uhr auf.«

Er nimmt ergeben seine schwere Arzttasche und begibt sich in die Eingangshalle. Ich folge ihm und drücke auf den Knopf am Aufzug.

»Danke, Candille.«

»Man tut, was man kann.«

Ich bewundere ihn um seine Ausgeglichenheit. Er sieht nur die häßliche Seite des Lebens, arbeitet wie ein Galeerensträfling, und wenn er nach Hause kommt, ist er allein.

Ich habe ihn nie klagen hören, und ich habe ihn nie mutlos erlebt.

Wieder im Studio, rufe ich bei Jeanne an. Sie hebt selbst ab und scheint erstaunt, als sie meine Stimme erkennt.

»Gibt's was Neues? Warum rufst du nochmal an?«

»Ich möchte mit Nathalie sprechen.«

»Habt ihr Geheimnisse, ihr zwei?«

Sie ist nicht sehr glücklich darüber, daß mich unsere Enkelin besucht hat. Sie hat sie aufgezogen, für sie ist sie *ihre* Enkelin.

»Ich will sehen, ob sie schon zurück ist. Sie ist zwar vorhin weggegangen, aber ich habe, glaube ich, die Tür gehört.«

Ihre Schritte entfernen sich, und von weit weg ist ihre Stimme zu hören:

»Nathalie ... Nathalie ... Dein Großvater will mit dir sprechen.«

Sie nimmt den Hörer wieder auf:

»Was du ihr zu sagen hast, wird sie hoffentlich nicht aufregen?«

»Im Gegenteil.«

»Ich mag diese Geheimnistuerei nicht, die Sache ist zu ernst. Wir müssen uns wirklich in aller Ruhe darüber unterhalten.«

»Das machen wir auch.«

»Es ist nicht deine Art...«

»Hallo, Daddy.«

Das ist Nathalie.

»Hast du mit deinem Arzt gesprochen?«

»Er ist gerade weggegangen. Für ihn ist dein Alter nicht von Bedeutung.«

»Hab ich ja gesagt.«

»Er hat schon Mädchen von dreizehn Jahren gesehen, die völlig normale Kinder zur Welt gebracht haben.«

Sie wendet sich offenbar zu ihrer Großmutter um, und ich höre, wie sie ihr fast wörtlich wiederholt, was ich sage.

»Es geht vor allem um die Gesundheit«, sage ich.

»Weißt du, wieviel Zigaretten ich heute geraucht habe? Vier. Und morgen sind es zwei. Ich zwinge mich dazu, doppelt so viel zu essen wie sonst. Um mich in Form zu bringen, du verstehst.«

»Ich verstehe. Hast du Papier und Bleistift?«

»Moment...«

Ich gebe ihr Jorissens Adresse.

»Es ist ein Freund von Candille, meinem Arzt, und du kannst volles Vertrauen zu ihm haben. Er ist einer der besten Geburtshelfer in Paris. Er erwartet dich morgen mittag.«

»Was soll ich da, ich war doch schon beim Arzt?«

»Das ist so üblich, mein Kleines. Er wird dich untersuchen, dir ein paar Fragen stellen.«

»Er wird aber doch nicht...«

»Er hat nicht einmal das Recht, es dir vorzuschlagen.«

»Trotzdem hab ich Angst.«

»Möchtest du, daß ich mit dir hingehe?«

Noch vor zwei Wochen hätte ich nicht geglaubt, daß ich mich so verhalten würde. Sie hatten mich gewissermaßen isoliert. Ich habe allein in meinem Turm gelebt, in dieser Wohnung, in der ich mir Mühe gebe, zu genießen, was mir noch verblieben ist. Kaum haben sie sich erinnert, daß es mich noch gibt. Und nun ...

»Wann bekomme ich die Antwort?«

»Welche Antwort?«

»Wann erfahre ich, ob alles gutgeht?«

»Das wird er dir schon sagen, denke ich. Er wird Candille anrufen, und der sagt mir Genaueres.«

»Und du rufst dann mich an?«

»Ja.«

»Versprochen?«

»Versprochen.«

»Warte, Jeanne winkt mir, daß sie dich sprechen möchte. Gute Nacht, Dad. Danke. Ich geb dir'n dikken Kuß. Und verlaß dich drauf, ich schwör dir, daß ich dicker werde.«

»Hallo.«

Das ist Jeannes Stimme.

»Ich nehme an, du bist dir darüber im klaren, was du da tust?«

»Ja, sicher.«

»Hast du darüber nachgedacht, was du ihr alles zumutest, und daß es dann kein Zurück mehr gibt?«

»Wenn es keine ernsthaften medizinischen Einwände gibt ...«

»Es gibt andere Einwände als medizinische ...«

»Du schreibst doch nicht für die Problemecke in deiner Zeitung...«

Ich beleidige sie, aber ich tue es nicht absichtlich. Ich nehme mir die Sache derart zu Herzen, daß ich beinahe so durcheinander bin wie Nathalie.

»Ich hoffe, du wirst es nicht zu bereuen haben, daß du diesen Standpunkt eingenommen hast«, seufzt Jeanne, bevor sie den Hörer auflegt. »Gute Nacht.«

Ich habe den Begriff »Kettenreaktion« noch nie so gut verstanden. Alles hat begonnen mit einem Brief, den jemand in einem Krankenhausbett geschrieben hat, und damit, daß ich weit in die Vergangenheit zurücktauchen mußte.

Dann kam Jacques mit seiner bevorstehenden Heirat, und dann hat mich dieses wunderbare Mädchen besucht, als wollte sie sich dem Stammeshäuptling allein präsentieren.

Ich existiere wieder. Nathalie ist zu mir in die Wohnung gekommen, um sich mir anzuvertrauen und mich um Hilfe zu bitten.

Alles gerät gleichzeitig in Bewegung. Ich würde mich nicht wundern, wenn Jean-Luc an die Tür klopfen würde, was höchstens einmal im Jahr vorkommt.

In meinem Zimmer erwartet mich eine weitere Überraschung. Schon als ich eintreten will, weiß ich, daß ich Madame Daven darin vorfinden werde. Ich bin erstaunt über ihr Gesicht, das kälter und ausdrucksloser ist als sonst, und mein erster Gedanke ist, daß sie mir eröffnen wird, daß sie mich verläßt.

Warum, weiß ich nicht. Auf jeden Fall hat sie eine

Entscheidung getroffen, eine schwierige Entscheidung.

»Haben Sie schlechte Nachrichten von Ihrer Familie?«

»Ich habe schon lange keine Familie mehr.«

»Macht Ihnen Ihre Gesundheit zu schaffen?«

»Nein. Es wäre mir lieber, wenn Sie mich reden lassen.«

»Sagen Sie mir erst einmal: Fühlen Sie sich wohl hier?«

»Vielleicht zu sehr.«

Sie entschuldigt sich mit einem unsicheren Lächeln, das sie jünger macht.

»Ich habe hier meine Gewohnheiten angenommen...«

»Ich auch.«

»Das ist etwas anderes. Sie sind hier zu Hause.«

»Das sind Sie doch auch. Ich weiß nicht, was ich täte, wenn Sie nicht mehr hier wären und für mich sorgen würden. Ich bin so bequem geworden, daß ich mich nicht einmal mehr allein ausziehe.«

Sie schaut mich nicht an, sie starrt auf den Teppich. Wir stehen beide, und wir bieten sicher einen lächerlichen und unnatürlichen Anblick.

»Möchten Sie sich nicht setzen?«

Sie sieht zögernd einen der beiden Lehnsessel an, während ich mich in den anderen setze.

»Haben Sie Angst vor mir?«

Sie versteht sofort, worauf ich anspiele, sie hat Antennen.

Sie ahnt gewiß nicht den wahren Grund, warum ich

nie versucht habe, intimere Beziehungen zu ihr aufzunehmen. Es ist fast eine Frage der Eitelkeit. Ich will ihr nicht meinen alten Körper zumuten, und ich fürchte, daß mich der Gedanke daran hindern könnte, im Bett zu bestehen.

»Sie haben nie ein Zeugnis von mir verlangt. Als ich herkam, um mich vorzustellen, habe ich davor gezittert, daß Sie danach fragen könnten.«

Ich lächle amüsiert.

»Sie haben keins?«

»Nein.«

»Auch keine Sozialversicherungskarte?«

»Nichts dergleichen. Sie haben mir vertraut. Sie vertrauen mir weiter und lassen mir viel Bewegungsfreiheit. Deshalb ist es notwendig, daß Sie Bescheid wissen. Wissen Sie, woher ich gekommen bin, als mich die Agentur hergeschickt hat?«

»Darüber habe ich nie nachgedacht.«

»Ich kam aus Haguenau, dem Frauengefängnis, das damals noch existierte. Ich war zehn Jahre dort.«

Ich bemühe mich, keine Betroffenheit merken zu lassen, aber ich bin wie vor den Kopf gestoßen.

»Wofür sind Sie verurteilt worden?«

»Ich habe auf einen Mann geschossen.«

»Auf Ihren Liebhaber?«

»Auf meinen Mann.«

»Aus Eifersucht?«

»Ich war zweiundzwanzig Jahre alt, als ich ihn kennenlernte.«

»In Paris?«

»Ich bin in Auteuil geboren und aufgewachsen.

Mein Vater war Architekt. Ich habe an der Sorbonne Literatur und Soziologie studiert, das, was man heute Humanwissenschaften nennt.

Er war der Bruder einer Freundin von mir. Anfangs sind wir zu dritt ausgegangen, dann ohne meine Freundin, und dann kam, was kommen mußte.«

»Wie alt war er?«

»Dreißig.«

»Was war er von Beruf?«

»Sein Vater hat eine Autoreifenfabrik, und Maurice hat in einem seiner Betriebe gearbeitet. Wir haben geheiratet.«

»Waren Sie schwanger?«

»Nein. Ich nehme an, ich kann gar keine Kinder kriegen, denn ich habe nie etwas unternommen, um es zu verhindern.

Fast zwei Jahre vergingen, als mich mein Mann abends immer öfter allein ließ.

Ich bin ihm gefolgt. Er traf sich mit einer Frau, entweder in einem Restaurant oder bei ihr, sie wohnte bei der Porte Dauphine. Und da habe ich mir einen Revolver besorgt.«

»Wie das? Ist der Verkauf von Waffen nicht streng geregelt?«

»Ich wußte, daß mein Vater einen in der Nachttischschublade hatte. Schon seit Jahren lag er da. Ich mußte eine regelrechte Komödie aufführen, um allein in sein Zimmer zu kommen und die Waffe in meine Handtasche stecken zu können. Das ist der Grund, warum man mir mildernde Umstände verweigert hat und die Geschworenen auf Vorsatz erkannten.«

Ich bin sichtlich verwundert.

»Aber wenn Sie sich einen Revolver besorgt haben ...«, werfe ich ein.

»Sehen Sie! Sie begreifen es auch nicht. Es war eine Herausforderung, die ich gegen mich selbst richtete. Ich schämte mich, eifersüchtig zu sein und mein Leben wegen einer Frau zu zerstören, die mein Mann in ein paar Monaten vielleicht gar nicht mehr wiedersehen würde.«

Sie ist ganz bestimmt aufrichtig.

»Manchmal habe ich mir gesagt:

›Ich werde sie alle beide töten.‹

Dabei wußte ich, daß ich es nie tun würde.«

»Und doch haben Sie es getan.«

»Ich habe nicht auf die Frau geschossen. Eines Abends kam ich früher nach Hause als beabsichtigt, weil eine Verabredung nicht zustande gekommen war. Ich wunderte mich, als ich von außen Licht im Schlafzimmer sah. Ich bin hinaufgegangen und öffnete lautlos die Tür. Ich hörte eine Frauenstimme und die meines Mannes. Sie sprachen über mich und machten sich lustig.

Ich habe den Revolver geholt, er lag unter den Betttüchern versteckt im Wäscheschrank.

Ich kann Ihnen versichern, daß die Dinge nicht so ablaufen, wie sie nachher in den Gerichtsverhandlungen aussehen. Ich war scheinbar ganz kaltblütig und klar im Kopf, aber ich handelte wie ein Automat, ich hatte keine Kontrolle mehr über mich. Auch mein Anwalt hat mir nicht geglaubt.

Sie lagen beide nackt in unserem Bett, in meinem

Bett. Erst waren sie überrascht und unsicher. Dann hat mein Mann gezwungen gelächelt und hingeworfen:

›Na, machst du mit, Juliette?‹

Ich habe geschossen, ein einziges Mal. Ich habe gesehen, wie aus seiner Schulter Blut hervortrat. Die Frau hat angefangen, hysterisch zu schreien, und ich bin weggegangen. Zehn Minuten später parkte ich meinen Wagen vor dem Polizeikommissariat.«

Unwillkürlich schaue ich sie neugierig an, denn schon lange macht mich ihre Ruhe stutzig, und ich frage mich, was sie so gleichmütig hat werden lassen. Sie mißversteht meinen Blick und sagt leise, ohne daß ein Vorwurf in ihrer Stimme zu spüren wäre:

»Sie halten mich also auch für zynisch?«

»Im Gegenteil. Endlich kenne ich den Grund für Ihre Gelassenheit.«

»Man hat aber meine Haltung vor Gericht als empörend bezeichnet. Die Zeitungen sprachen von meiner zufriedenen Miene, andere von meiner Gleichgültigkeit. In Wirklichkeit war ich wie gelähmt von der ganzen zugleich lächerlichen und feierlichen Szenerie, bei der auch die geringfügigste Wahrheit entstellt wird.«

»Ist Ihr Mann gestorben?«

»Nein. Nur beinahe. Er hat rechtzeitig eine Bluttransfusion bekommen. Sein Kopf steht etwas schief, und er kann den rechten Arm nicht mehr bewegen.«

»Bereuen Sie es, daß Sie geschossen haben?«

»Sicher...«

Sie zögert, schaut mir in die Augen.

»Im Grunde weiß ich es nicht ... Damals glaubte ich, daß zwei Menschen ...«

»Das glaubt man immer. Ich habe dreimal geheiratet und dreimal geglaubt ...«

»Ich weiß.«

»Ich hatte immerhin den Gewinn davon, daß ich keine Illusionen mehr habe.«

»Ich habe die meinen gründlich verloren.«

Ganz unvermittelt lächeln wir gleichzeitig dasselbe Lächeln.

»Ein Jahr nach meiner Einlieferung in Haguenau hat er die Scheidung eingereicht. Ich nehme an, er hat wieder geheiratet. Es interessiert mich nicht.«

Ich würde ihr gern erzählen, was ich nach meinen drei Scheidungen empfunden habe und was ich immer noch empfinde, wenn Jeanne mich besuchen kommt, aber es würde zu lange dauern, und ich glaube nicht, daß ich ihr etwas Neues sagen würde. Sie beobachtet mich schon so lange, daß sie inzwischen ahnt, was in mir vorgeht.

Ein wenig ist es so, als säßen wir uns gegenüber wie zwei Komplizen. Sie trägt ihre Arbeitskleidung und ihre Schürze. Mechanisch zieht sie aus der Schürzentasche ein Päckchen Zigaretten, dann wird sie sich ihrer Geste bewußt.

»Entschuldigen Sie.«

»Aber ich bitte Sie. Ich habe Sie noch nie rauchen sehen.«

»Ich rauche nur in meinem Zimmer ... Habe ich Sie nicht schockiert?«

»Nein.«

»Sie nehmen es mir nicht übel, daß ich so lange geblieben bin, ohne Ihnen etwas zu sagen?«

»Es hätte nichts geändert.«

»Die ganze Zeit bin ich mir wie eine Betrügerin vorgekommen ... In Haguenau habe ich drei Jahre lang Säcke genäht. Die Direktorin haßte mich, wie sie alle haßte, die eine gewisse Bildung hatten. Erst dem Arzt bin ich aufgefallen, und er hat mich auf der Krankenabteilung arbeiten lassen.

Von daher habe ich ein paar medizinische Kenntnisse. In Haguenau habe ich jedenfalls mehr über Menschen gelernt als an der Sorbonne.«

»Man könnte meinen, daß Sie all diese Jahre gar nicht bedauern.«

»Ich bedaure sie nicht mehr.«

Sie steht zögernd auf und lächelt mir zu. Dann macht sie ihre Zigarette aus und spricht wieder in ihrem gewohnten Tonfall.

»Es ist Zeit, daß Sie zu Bett gehen.«

Körperlichen Kontakt haben wir nicht. Sie räumt meine Kleider auf, und ich mache mich ohne Eile an meine Abendtoilette. Dann lege ich mich ins Bett.

»Wann soll ich Sie morgen wecken?«

»Wie gewöhnlich.«

Also um halb sieben.

»Gute Nacht, Monsieur.«

»Gute Nacht, Madame Daven.«

Sie hat mir noch etwas sagen wollen. Es fällt ihr schwer, und ich fühle, daß sie nahe daran ist, darauf zu verzichten. Aber dann bringt sie doch mit kaum hörbarer Stimme hervor:

»Ich bin sehr glücklich hier.«

Der kurze Augenblick, den man braucht, um den Lichtschalter auszuknipsen, und sie ist verschwunden.

Seit Monaten habe ich Paul Terran schon nicht mehr gesehen. Ich bin genau um halb zehn Uhr bei ihm, und seine Sekretärin führt mich sofort zu ihm ins Arbeitszimmer.

Wir haben zusammen Jura studiert. Er ist in meinem Alter, aber viel beleibter als ich. Schon auf der Universität war er ein kleiner Dicker.

Er erhebt sich mit ausgestreckter Hand und seinem breiten Lächeln auf den Lippen.

»Wie geht's dir?«

»Und dir?«

»Mal sehen, ob es mit dir seit dem letzten Mal nicht allzusehr bergab gegangen ist.«

Das ist unser Spielchen, wenn wir uns treffen. Wir inspizieren uns gegenseitig, und jeder fragt sich, ob der andere schon mehr gealtert ist als er selbst. Zwischen Terran und mir geschieht das freimütig und humorvoll.

»Du bist schlank wie immer. Für mein Gefühl magerst du ein bißchen zu sehr ab.«

»Und du kommst mir viel jünger vor als ich.«

»Das kommt, weil ich fett bin. Demnächst werde ich mich nicht mehr aus meinem Sessel erheben können, weil er für mein Hinterteil zu eng geworden ist. Setz dich.«

Bei all seiner Spottlust und seinem nachlässigen

Aussehen ist er der Rechtsberater großer Firmen, und nur wenige kennen wie er das Gesellschaftsrecht und die Möglichkeiten, sich seiner zu bedienen.

»Was gibt's für Probleme?«

»Keine. Außer daß Pat, meine erste Frau, in New York im Krankenhaus liegt und kaum durchkommen wird und daß sich unser Sohn Donald ohne ersichtlichen Grund in seiner Reparaturwerkstatt erhängt hat.«

Ich rede schnell weiter:

»Aber darüber wollte ich nicht mit dir sprechen ... Mein Jurastudium liegt weit hinter mir, und viel habe ich nicht behalten. Gesetzt den Fall, ein Kind kommt zur Welt.«

»Ehelich?«

»Ganz einfach ein Kind. Gewöhnlich wird es vom Vater und von der Mutter anerkannt.«

»Gewöhnlich, ja. Allerdings kann der Vater, wenn er mit der Mutter nicht verheiratet ist, das Kind auch nicht anerkennen. Es gibt Tausende von Kindern mit unbekannten Vätern.«

»Darauf kommen wir noch. Könnte es aber auch Kinder mit unbekannten Müttern geben?«

Er sieht mich verblüfft an.

»Ein Kind muß aus dem Bauch einer Frau kommen, oder?«

»Und wenn diese Frau es dem Vater gibt und der es anerkennt mit dem Vermerk ›Mutter unbekannt‹?«

Mein Einfall verwundert ihn derart, daß er den *Code Civil* zur Hand nimmt. Da er ihn täglich benutzt, findet er auch gleich die richtige Seite.

»Also hör zu:

›Artikel 334: Die Anerkennung eines nichtehelichen Kindes wird durch gerichtliche Entscheidung festgestellt, wenn sie nicht durch eine Geburtsurkunde nachgewiesen ist.‹«

»Das heißt nicht, daß die Anerkennung vom Vater und der Mutter zugleich geleistet werden muß.«

»Einen Augenblick. Hier Artikel 336:

›Die Anerkennung durch den Vater ohne Angaben der Mutter und deren Anerkenntnis hat Rechtswirkung nur für den Vater.‹

Und Artikel 339 präzisiert:

›Jedwede Anerkennung seitens des Vaters oder der Mutter, desgleichen sämtliche Ansprüche seitens des Kindes können durch denjenigen angefochten werden, der daran ein berechtigtes Interesse hat.‹«

»Du hast gesagt: des Vaters *oder* der Mutter.«

»Es handelt sich hierbei nicht um die Geburtsurkunde, sondern um eine Anerkennung im nachhinein. Auf dem Standesamt muß in jedem Fall der Name der Mutter eingetragen werden, auch wenn er vertraulich bleibt.«

»Bist du da ganz sicher?«

»Leider ja. Im übrigen sind der entbindende Arzt oder die Hebamme unbedingt verpflichtet, jede Entbindung zu melden, an der sie beteiligt gewesen sind.«

»Angenommen ich finde einen Arzt, der es nicht so genau nimmt?«

»Bist du es, der in der Klemme steckt?«

»Nein, meine Enkelin. Sie ist sechzehn. Sie hat mir gestern eröffnet, daß sie ein Kind erwartet und daß sie den Mann, der dafür verantwortlich ist, verabscheut.«

Paul kratzt sich an seinem kahlen Schädel, auf dem nur noch um die Ohren herum einige graue Haare wachsen.

»Langsam verstehe ich den Sinn deiner Fragen.«

»Sie möchte das Kind behalten.«

»Das ist sympathisch.«

»Und ich ermutige sie dazu, obwohl ich weiß, daß sie später Schwierigkeiten haben kann, wenn sie das Kind als das ihre bezeichnet. In Schweden wäre das kein Problem, da gibt es viele junge Mädchen mit Kindern, und sie sind ebenso geachtet wie verheiratete Frauen.«

»Wir sind aber in Frankreich. Laß mich nachdenken ... Ich sehe nur einen Weg, auf dem die Adoption nur durch den Vater ohne Schwierigkeiten möglich ist, und das ist ein Findelkind. Eine Einmischung eines Arztes oder einer Hebamme ist hier nicht zu befürchten.«

»Du meinst ein Kind, das auf der Türschwelle ausgesetzt worden ist, wie in einem Groschenroman aus früheren Zeiten?«

»Warum nicht? Wie man sieht, wenn man den Artikel 336 genauer studiert, scheint es möglich zu sein, daß das Standesamt eine Erklärung des Vaters einträgt, ohne die Mutter zu erwähnen. Ich denke nicht, daß diese Eintragung verweigert werden wird, nur wird es wahrscheinlich Nachforschungen geben, um sicher zu gehen, daß es sich nicht um eine Entführung handelt.«

Während wir hier juristische Fragen diskutieren, zählt meine arme Nathalie sicher die Minuten, die sie noch von dem Besuch bei Doktor Jorissen trennen.

»Wenn da nur nicht der Arzt wäre. Du sprichst von einem, der sowas macht. Sicher gibt es solche, es gibt

ja auch welche, die ihren Kunden Drogen verschaffen.
Jeder Beruf hat seine schwarzen Schafe. Ich persönlich
würde mich allerdings in acht nehmen.«

»Ich danke dir.«

»Ich werde noch darüber nachdenken. Wenn mir
was einfällt, ruf ich dich an.«

Ich stehe auf und gebe ihm die Hand.

»Bis bald.«

»Oder bis in einem halben Jahr, wie letztes Mal. Ich
begleite dich nicht hinaus.«

Er winkt mir mit seiner dicken Pranke nach, und ich
bin ihm dankbar, daß er keine eingehenderen Fragen
gestellt hat, zum Beispiel, wer die Rolle des Vater spielen soll ...

Mir bleibt noch Zeit für den Klub. Mit der Gymnastik mache ich es kurz, aber René massiert mich wie immer, und ich bleibe ziemlich lange im Schwimmbecken.

Mittags bin ich wieder zu Hause und warte auf den
Anruf von Nathalie. Das Telefon klingelt erst um
Viertel vor eins. Sie ist es.

»Er ist Klasse, dein Doktor.«

»Meint er, daß du es schaffen kannst?«

»Ich bin durchaus in der Lage, ein Kind zu kriegen,
ohne das geringste Risiko für mich und für das Kind.
Kennst du ihn?«

»Nein. Candille hat ihn mir empfohlen.«

»Du würdest ihn sofort mögen. Er hat gute, sanfte
Augen hinter seinen dicken Brillengläsern. Jetzt werde
ich Großmama sagen, wie es gelaufen ist, und nachmittags versuche ich, Hilda allein zu treffen.«

Ich sage ihr nicht, was ich mit Terran besprochen habe. Für sie ist es ganz natürlich, ein Kind zu bekommen, und sie macht sich keine Gedanken über die Schwierigkeiten, die möglicherweise damit verbunden sind.

»Nochmal danke, Daddy. Du kannst dir nicht vorstellen, wie glücklich ich bin. Ich fürchte nur, daß Jeanne sich nicht so freuen wird wie ich.«

Ich warte noch auf den Anruf von Candille, der ebenfalls nicht auf sich warten läßt.

»Hat Ihre Enkelin Sie angerufen?«

»Offenbar findet Jorissen alles in Ordnung.«

»Genau. Vorausgesetzt, daß sie etwas ruhiger wird und in den nächsten Monaten nicht ihre nervliche Widerstandskraft überstrapaziert.«

»Ich war bei Terran.«

»Was meint er?«

»Fast dasselbe wie Sie. Gesetzlich wäre es nicht allzu schwierig. Was das ganze kompliziert, ist die Frage nach dem Arzt.«

»Ein Geburtshelfer kann schwer behaupten, daß er die Frau nicht kennt, die er entbunden hat.«

»Ich wollte Sie fragen, wie es wäre, wenn man eine Hebamme ...«

»Ich verstehe. Ich habe auch schon daran gedacht. Heute nachmittag habe ich zu tun. Sind Sie nach sechs Uhr zu Hause?«

»Ich erwarte Sie.«

»Auf eine komische Sache lasse ich mich da ein. Wohlgemerkt, ich weiß nichts von der Angelegenheit und habe nichts damit zu tun.«

Schon lange bin ich nicht mehr so aufgeregt, so ungeduldig gewesen. Ich weiß nicht mehr, was ich zu Mittag gegessen habe. Madame Daven war betroffen über meine Unruhe, und damit sie nicht auf falsche Gedanken käme, habe ich zu ihr gesagt:

»Schon bald vielleicht kann ich Ihnen eine große Neuigkeit mitteilen, die meine Enkelin betrifft.«

»Heiratet sie?«

Ich antworte ihr, nicht ohne Berechtigung:

»Mehr als das.«

Ich schlafe mittags nicht, sondern wälze das Problem in meinem Kopf hin und her und erwäge die winzigsten Einzelheiten.

Dann lese ich Zeitung, ohne etwas von dem, was darin steht, zu behalten. Schließlich höre ich Candilles Schritte. Diesmal hat er seine Arzttasche im Auto gelassen.

»Geben Sie mir einen kleinen Scotch, ich glaube, ich kann einen gebrauchen.«

Er läßt sich in den Sessel fallen und wischt sich die Stirn ab.

»Sind Sie Ihrer Enkelin sicher?«

Ich reiche ihm sein Glas und schenke mir ein wenig Portwein ein.

»In welchem Sinne?«

»Wird sie nicht überall herumerzählen, was mit ihr los ist?«

»Ich bin sicher, daß sie schweigen wird, wenn man es ihr nahelegt.«

»Es ist das einzige, was mir ein wenig Sorgen macht.«

Er macht sich wirklich Sorgen. Offensichtlich nimmt er sich die Sache sehr zu Herzen.

»Jorissen meint, daß sie einen hervorragenden Eindruck auf ihn gemacht hat und daß er sie für ihr Alter recht reif findet.«

»Meine Enkelin ist von ihm begeistert und schwört nur noch auf ihn.«

»Unglücklicherweise ist es besser, wenn sie nicht mehr hingeht. Die Sekretärinnen sind verschwiegen, aber es gibt Nachbarn, die Concierge. In ein bis zwei Monaten wird ihr Zustand sich bemerkbar machen, und ein so junges Mädchen wie sie bleibt nicht unbeachtet.«

»Sie wird aber doch regelmäßig untersucht werden?«

»Selbstverständlich. Und wenn es notwendig wird, was unwahrscheinlich ist, würde Jorissen auch zu ihr kommen.«

»Mir ist noch nicht klar, wie es weitergehen soll. Sie scheinen eine Lösung gefunden zu haben. Welche wäre das?«

»Nach dem wenigen, was Sie mir heute morgen am Telefon gesagt haben, dachte ich, wir hätten dieselbe Idee ...«

»Die Hebamme?«

»Wenn es Ihnen recht ist, streichen wir dieses Wort für eine Weile aus unserem Vokabular. Auch aus dem Ihrer Enkelin und Ihrer ehemaligen Frau, ganz zu schweigen von der jungen Deutschen, die Ihr Sohn Jacques heiraten will. Sie sind zu bekannt, als daß man nicht jede Vorsicht walten lassen müßte.«

Ich schenke mir vor lauter Nervosität noch einen zweiten Portwein ein, und mein guter Candille trinkt noch einen Whisky.

»Ich habe nur noch einen Krankenbesuch zu machen, bei einer alten Dame, die sich für krank hält und uns noch alle unter die Erde bringt. Haben Sie übrigens immer noch Ihre Villa bei Deauville?«

»Ich denke schon. Wir waren seit Jahren nicht mehr dort. Einmal habe ich sie zum Verkauf angeboten, aber niemand wollte den Preis zahlen, den ich verlangte. Vielleicht habe ich den Preis auch absichtlich zu hoch angesetzt, weil es mir widerstrebt, mich von etwas zu trennen, was zu einem Teil meines Lebens geworden ist.«

Das habe ich auch gemerkt, als ich Pats Brief gelesen habe. Ich war so bedrückt, als hätte ich mich erst tags zuvor von ihr getrennt.

»Gehört Deauville zu Ihrem Plan?«

»Auf welches Datum fällt Pfingsten nächstes Jahr?«

»Ich weiß es nicht. Ich glaube, es ist im April.«

»So spät wie möglich im April, das wäre das beste. Nach Jorissen ist Nathalies Niederkunft Anfang dieses Monats zu erwarten.«

Mit einem Mal macht mich dieses Wort betroffen. Bisher war alles rein theoretisch. Jetzt sehe ich wieder das klägliche Gesicht meiner Enkelin vor mir, wie es gestern war, und ich beginne an der Wirklichkeit dessen, was kommt, zu zweifeln.

Mein Blick schweift ins Leere, und ich wiederhole:

»Anfang April...«

7

So wie wir beide, Candille und ich, in unseren Sesseln sitzen, müssen wir aussehen wie zwei alte Verschwörer. Der Doktor spricht leise, er, der sonst eine volltönende Stimme hat, und ich ertappe mich dabei, wie ich es ebenso mache.

»Soweit man es nach Jorissen beurteilen kann, wird ihr Zustand in einem Monat sichtbar werden.«

Je eingehender er die Sachlage schildert, desto unwirklicher kommt sie mir vor.

»Dann müßte sie abreisen. Wohnt jemand in Ihrer Villa?«

»Ein alter Gärtner und seine Frau haben dort gewohnt. Der alte Gärtner ist gestorben, und seine Frau ist zu einer ihrer Töchter nach Fécamp gezogen.«

»Sind Nachbarn in der Nähe?«

»Der Park ist ziemlich groß, und er hat Bäume und dichte Büsche. Alles ist jahrelang vernachlässigt worden. Sicher dringt die Feuchtigkeit durch die Wände.«

»Solange die Villa bewohnbar ist...«

Er trinkt sein zweites Glas aus und brummt:

»Ich tue es wirklich sehr ungern, was ich da tue. Noch unangenehmer war es in Ivry.«

»Was haben Sie in Ivry gemacht?«

»Ich war bei der Frau, Madame Clamard. Sie ist

nicht mehr ganz jung. Ich kenne sie seit über dreißig Jahren, sie hat in einem Entbindungsheim gearbeitet und war dort eine der besten Hebammen. Nach einiger Zeit hat sie sich erweichen lassen; leicht ist es ihr nicht gefallen.«

»Kann man sich auf sie verlassen?«

»Ich verbürge mich für sie. Sie ist um die Sechzig und immer noch gut auf den Beinen, und sie hat schöne weiße Haare. Sie wird die perfekte Wirtschafterin abgeben.

Ich denke, es wäre gut, wenn Sie sich vorher überzeugen, daß das Haus instand ist. Bleiben Sie ein paar Tage dort, damit sich die Leute aus der Umgebung daran gewöhnen, daß die Fensterläden offen sind und ein Wagen ankommt und wegfährt.

Dann soll Ihre Enkelin mit Madame Clamard dorthinziehen und artig fünf Monate abwarten, ohne sich zu zeigen.«

Es wird mehr Schwierigkeiten geben, als ich gedacht habe. Zudem muß noch eine Erklärung für Nathalies Abwesenheit gefunden werden. Ich könnte ihr etwa eine Reise in die Staaten geschenkt haben.

»Gut«, knurrt Candille. »Madame Clamard macht die Einkäufe und kocht. Sie hat ein kleines Auto.«

»Und danach?«

»Wenn sie Ihnen das Kind bringt, wird es zehn Tage alt sein, und der Rest geht mich nichts mehr an. Ihr Freund Terran ist dann an der Reihe. Das erste wäre die Eintragung beim Standesamt, ohne daß der Name der Mutter genannt wird. Wer soll der Vater sein?«

Ich bin eingeschüchtert. Ich fürchte, daß das, was

ich jetzt sagen werde, grotesk erscheint, und sage leise: »Ich.«

Candille zeigt sich nicht sonderlich beeindruckt, er scheint damit gerechnet zu haben. Er hebt den Kopf und sieht mich an, und ich füge schnell hinzu:

»Ich möchte, daß das Kind unseren Namen trägt.«

»Schön. Das ist ja weiter nicht wichtig. Sie melden es also beim Standesamt an und erklären dort, so gut Sie können, warum es schon zehn Tage alt ist.

Die andere Möglichkeit, das habe ich Ihnen schon gesagt, ist die, die Sie als billigen Groschenroman bezeichnet haben: ein auf Ihrer Türschwelle gefundenes Kind, das Sie adoptieren möchten. Die Polizei wird eine kurze Untersuchung durchführen, um die Mutter ausfindig zu machen, und es bald wieder aufgeben.«

Adoption gefällt mir weniger. Ich möchte nicht, daß zwischen dem Kind und der übrigen Familie ein Unterschied besteht.

»Sie werden mit Terran darüber sprechen. Seine Meinung wird entscheiden.«

Er schaut die Flasche an, und ich schenke ihm einen dritten Scotch ein. Es ist das erste Mal, daß ich ihn soviel Alkohol trinken sehe.

Als er geht, ist sein Gesicht leicht gerötet. Ich rufe sofort Jeanne an, aber sie ist noch nicht zu Hause. Nathalie ist am Telefon.

»Hast du Neuigkeiten, Daddy?«

»Ich glaube ja.«

»Kann ich gleich zu dir kommen?«

»Wenn du möchtest.«

Es ist sieben Uhr. Einer der merkwürdigsten Abende meines Lebens beginnt, ohne daß ich es ahne.

Ich erkläre Madame Daven:

»Ich esse wahrscheinlich später, es sei denn, meine Enkelin ißt mit mir.«

»Gut, Monsieur.«

Ich lächle sie an. Sie scheint beunruhigt.

»Ich erzähle es Ihnen wahrscheinlich noch heute abend. Es hat nichts mit Ihnen und mir zu tun. Ich denke, die Nachricht wird Ihnen Freude machen.«

Nathalie kommt, die Augen vor Spannung weit aufgerissen.

»Also, was wird passieren?«

»In drei Wochen oder in einem Monat, wenn man es schon deutlich sieht, ziehst du mit einer Wirtschafterin in die Villa in Deauville.«

»Was für eine Wirtschafterin?«

»Du kennst sie nicht. Es ist eine ältere Dame, die eine ausgezeichnete Hebamme ist.«

Sie zieht beunruhigt die Brauen zusammen und schaut mich an, als hätte ich sie verraten.

»Du hast mir versprochen...«

»Ich habe dir versprochen, daß das Kind geboren werden wird, und diese Frau wird dir helfen, es zur Welt zu bringen.«

»Warum in Deauville? Ich weiß gar nicht mehr, wie die Villa aussieht. Jeanne hat mir davon erzählt und gesagt, es sei ein alter Kasten.«

»Du wirst nicht lange dort bleiben, fünf Monate sind schnell vorbei.«

»Aber warum?«
»Weil das Kind nicht unter deinem Namen eingetragen wird.«
Sie explodiert. Sie steht auf, ereifert sich, redet wie ein Wasserfall.
»Ich hab doch gewußt, daß es zu schön ist, um wahr zu sein, und daß du dich nicht von einem Tag auf den anderen so geändert haben kannst. Ich merke, daß Jeanne und du immer einer Meinung gewesen sind.«
Sie redet und redet, mit Zorn in den Augen, und rennt wütend im Zimmer herum. Ich warte ab, bis der Sturm vorüber ist.
»Wie alt bist du, mein kleines Mädchen?«
»Schön, ich werde sechzehn. Na und? Der Doktor hat gesagt...«
»Es geht nicht um den Doktor, es geht um deine Zukunft. Eines Tages wirst du dich in einen Mann verlieben...«
Wie jemand, dem eine Erfahrung genügt hat, entgegnet sie erbittert:
»So schnell nicht mehr.«
»Du weißt nicht, was das Leben noch für dich bereithält. Dein Mann oder dein Geliebter möchte vielleicht nicht mit dem Kind eines anderen leben.«
»Was willst du mit ihm machen? Es weggeben wie einen jungen Hund?«
Soviel Widerstand, ja Aggressivität, überrascht mich.
»Dein Kind, das heißt dein Sohn oder deine Tochter...«

»Nein. Ich weiß, daß es ein Junge wird. Ich will einen Jungen.«

»Gut. Also dein Sohn wird unseren Namen tragen und dieselben Rechte haben wie die übrigen Familienmitglieder.«

»Und wie soll ...«

»Er wird offiziell als ein Perret-Latour auf dem Standesamt eingetragen.«

»Also warum soll ich mich dann verstecken?«

»Weil du nicht genannt wirst.«

»Und wer wird ihn anerkennen?«

Ich weiß nicht, ob ich rot geworden bin. Vermutlich. Es ist ein schwieriger Augenblick.

»Ich.«

In manchen Dingen reagiert sie ihrem Alter entsprechend. Eben noch voller Zorn, ist sie jetzt kurz davor, in lautes Gelächter auszubrechen. Sie hält sich zurück, schaut mich allerdings fassungslos an.

»Du willst erklären, daß du der Vater von ...«

»Warum nicht? Viele Männer in meinem Alter haben Kinder, und sogar noch ältere. Niemand kann mich zwingen, den Namen der Mutter anzugeben.«

»Dann ist er also mein Onkel?«

Sie nimmt mich nicht mehr ernst.

»Das ist doch völlig irre, oder? Ich kann mir nicht vorstellen, wer dir eine derart verrückte Idee in den Kopf gesetzt hat.«

»Ich habe die Sache mit meinem Anwalt besprochen, und er fand sie nicht so furchtbar komisch.«

»Warum nicht mein Vater?«

»Dein Vater will heiraten. Ich glaube kaum, daß

Hilda begeistert sein würde, einen Mann mit einem Baby zu haben.«
»Hast du es ihm erzählt?«
»Wem?«
»Meinem Vater.«
»Noch nicht.«
»Er weiß nicht, daß ich schwanger bin?«
»Jedenfalls nicht von mir.«
»Und wo soll das Kind aufwachsen?«
»Hier, im ehemaligen Zimmer deiner Großmutter. Ich lasse es umräumen. Und ich werde die beste Kinderschwester anstellen, die ich finden kann. Du kannst kommen, so oft du willst. Im Sommer kannst du es aufs Land oder ans Meer mitnehmen.«
Sie ist ein wenig ruhiger, wenn auch noch nicht überzeugt.
»Warum machst du das alles, wo du dich doch nie um mich gekümmert hast?«
»Bist du denn oft hierhergekommen?«
»Nein, zugegeben. Ich dachte, ich störe dich.«
»Und dein Vater?«
»Kommt der auch nie?«
»Ein- oder zweimal im Jahr, wie Jeanne, wie Jean-Luc. Was meine Enkelkinder in Amerika betrifft, so hat man sich nicht einmal die Mühe gemacht, mir mitzuteilen, daß sie überhaupt existieren.«
Sie senkt betroffen über diese Entdeckung den Kopf.
»Ich hatte keine Ahnung.«
Dann wendet sie noch ein:
»Es wird dein ganzes Leben verändern.«

Ich antworte darauf lieber nichts.

»Und du glaubst wirklich im Ernst, daß das geht? Und wenn ich eines Tages meinen Sohn zurückhaben will, versprichst du mir, daß du ihn mir gibst?«

»Das verspreche ich dir.«

»Wirst du mit Jeanne darüber reden?«

»Ich hoffe, ich sehe sie heute abend.«

»Und mit meinem Vater?«

»Ich werde ihn anrufen.«

»Ich bin lieber nicht hier, wenn sie kommen.«

Wir stehen beide gleichzeitig auf, und ich gebe ihr die Hand.

»Sind wir uns einig?«

»Erst müssen wir hören, was sie sagen.«

Ich esse nur zwei weichgekochte Eier zu abend, ich habe keinen Hunger. Jeanne kommt als erste, gegen neun Uhr, und ich biete ihr den Sessel an, in dem Nathalie gesessen hat.

»Was geht vor? Du hast so eine feierliche Miene, und das verheißt mir nichts Gutes. Nathalie hat mich nur flüchtig geküßt und sich dann in ihrem Zimmer eingeschlossen, ohne etwas zu essen.«

»Hat sie dir gesagt, daß sie bei einem erstklassigen Gynäkologen war?«

»Ich frage mich langsam, warum dir soviel an der Sache liegt.«

Ich kann ihr nicht antworten, ich weiß es selbst nicht.

»Sie ist absolut in der Lage, ein Kind zu bekommen, und es besteht nicht mehr Risiko als bei jeder anderen Frau.«

»Ein Kind ohne Vater. Ein großartiger Start ins Leben für ein junges Mädchen, nicht?«

Ich bin friedlich. Ich war selten so friedlich wie an diesem Abend.

Es läutet an der Tür, und bald darauf sehe ich Jacques und Hilda eintreten.

»Sind wir zu früh?« fragt Jacques und sieht uns beide an.

Nur Hilda lächelt, ein etwas geheimnisvolles Lächeln. Wahrscheinlich hat Nathalie noch die Zeit gefunden, sie anzurufen.

»Setzt euch, Kinder. Was kann ich euch anbieten?«

Jacques nimmt einen Cognac, Jeanne auch, und ich klingle, um für Hilda einen Fruchtsaft aus der Küche kommen zu lassen.

»Hat Hilda nicht mit dir gesprochen, Jacques?«
»Worüber?«
»Über deine Tochter.«
»Was ist mit Nathalie?«
»Nichts, was dich aufregen könnte. Sie erwartet ein Kind.«
»Woher weißt du das?«
»Sie hat es mir gesagt, und ein Frauenarzt hat es bestätigt.»

Er schaut eifersüchtig Hilda an.

»Du hast es gewußt?«

Sie gibt es zu, und das verwirrt ihn noch mehr.

»Wer ist der Vater?«
»Im Augenblick gibt es noch keinen Vater.«
»Was soll das heißen?«
»Deine Tochter mag den Mann nicht, sie verab-

scheut ihn. Außerdem ist er bereits nicht mehr in Frankreich.«

Jeanne schaltet sich ein.

»Meiner Ansicht nach ist Nathalie zu jung für ...«

Jacques Gesicht wird hart.

»Sprich nicht weiter.«

»Du bist also derselben Ansicht wie dein Vater.«

»Ich auch!« wirft Hilda fröhlich ein.

Ich schenke noch einmal die Gläser voll. Ich rede langsam und lege noch einmal meine Gründe dar. Als ich sage: »Ich werde ...«, habe ich den Eindruck, als wollte mir die junge Deutsche gleich um den Hals fallen. Jeanne erklärt jedoch, das sei ausgeschlossen.

»Du hast dich nie um die Kinder gekümmert, und jetzt auf einmal willst du Entscheidungen fällen. Du kennst Nathalie überhaupt nicht, du hast nie mit ihr zusammengewohnt.«

Ich entgegne sanft:

»Sie hat nie mit mir zusammengewohnt.«

Jacques begreift, was ich sagen will, und ist verlegen.

»Fürchtest du keine Schwierigkeiten?«

»Es könnte sich höchstens einer meiner Erben beschweren. Und ich glaube nicht, daß Jean-Luc ...«

»Jean-Luc ist das völlig egal. Ich werde ihm Bescheid sagen. Aber die Familie in Amerika?«

»Darum kümmere ich mich.«

Es wird wahrscheinlich noch einige kleinere Probleme geben, aber das größte ist gelöst.

»Seid ihr alle einverstanden?«

Jacques sagt offen und aufrichtig ja. Hilda meint:

»Ich habe noch keine Stimme im Gremium. Aber ich bin auf Nathalies Seite.«

Jeanne schweigt, und sie kommt mir auf einmal sehr gealtert vor.

»Das Kind wird dann wohl hier leben?«

»Ja. Ich stelle eine Kinderschwester an und lasse dein früheres Zimmer umräumen.«

Mit zugeschnürter Kehle bringt sie heraus:

»Na gut. Nachdem alle ...«

Sie spricht den Satz nicht zu Ende. Ihre Augen sind feucht geworden. Ich nehme den Telefonhörer ab und rufe am Boulevard Raspail an. Es läutet lange, und ich will schon aufhängen, als ich Nathalies Stimme vernehme.

»Hast du schon geschlafen?«

»Nein. Was ist?«

»Wir sind alle hier beisammen.«

»Mein Vater auch?«

»Ja.«

»Und Hilda?«

»Ich wollte dir so schnell wie möglich mitteilen, daß alle einverstanden sind.«

»Auch Jeanne?«

»Auch Jeanne, ja.«

»Sag ihnen, daß ich mich freue. Und sag Hilda, daß ich sie noch sehen möchte, bevor ich schlafen gehe.«

Sie sind alle zusammen aufgebrochen. Ich habe Jeanne auf beide Wangen geküßt und ihr ins Ohr geflüstert:

»Entschuldige, ich mußte es tun.«

»Vielleicht hattest du recht.«

Sie sind alle drei mit dem Fahrstuhl hinuntergefahren.

Kurz darauf erzähle ich die Geschichte Madame Daven. Sie ist tief bewegt.

Es ist nichts zwischen uns, und es wird nie etwas sein. Außer einem Kind im Haus.

8

Pat ist am Abend vor Weihnachten gestorben. Der Tumor hatte sich schon zu weit ausgebreitet, als daß eine Operation noch viel genützt hätte. Laut Doktor Feinstein und Professor Penderton war es besser so.

Ich bin zur Beerdigung nicht nach New York geflogen, obwohl ich beinahe trotz meines Widerstrebens ein Flugzeug genommen hätte. Ich halte es für verfrüht, meine Schwiegertochter, Bob, seinen Bruder und seine Schwester aufzusuchen.

Ich habe von Eddie Nachricht über sie. Er wird in meinem Namen Blumen schicken. Helen und ihr Ältester kommen anscheinend gut zurecht, sie arbeiten beide sehr viel.

Ich habe sie schriftlich eingeladen, nächsten Sommer nach Frankreich zu kommen.

Bis zum Sommer ist es noch lange, und ich verbringe ein einsames Weihnachtsfest. Jacques und seine Frau haben im November geheiratet und sind zu Jean-Luc nach Megève gefahren.

Ich verlasse Paris nicht. Ich gehe auch nicht aus. Ich überlege, ob ich Candille zum Abendessen einladen soll, aber ich wage es nicht. Ich begnüge mich damit, ein langes Telefongespräch mit Deauville zu führen.

Cartier kümmert sich um die Weihnachtsgeschenke,

für die ich trotz allem zwei Stunden gebraucht habe, um sie auszusuchen.

Wie in all den Jahren zuvor habe ich auch das Personal nicht vergessen. Emile, mein Chauffeur, hat eine sehr schöne Meerschaumpfeife bekommen. Er hat erklärt, daß er sie nur abends bei sich zu Hause rauchen wird, denn eine Meerschaumpfeife darf nicht im Freien geraucht werden.

Der Koch hat ein silbernes Zigarettenetui bekommen und seine Frau eine goldene Uhr.

Die Putzfrauen haben ebenso wie das Personal in der Bank ihren Umschlag mit Geld bekommen.

Am Abend fühle ich mich zum ersten Mal einsam in meinem Studio. Zum Lesen habe ich keine Lust. Selbstverständlich gibt es keinen Weihnachtsbaum im Haus, und ich esse weder Truthahn noch Gänseleber.

Schließlich öffne ich die Tür zu meinem Schlafzimmer. Madame Daven steht auf.

»Warum setzen Sie sich nicht zu mir?«

Sie setzt sich, nicht ohne Zögern, in einen der Ledersessel, und ich nehme in dem meinen Platz. Ich stecke mir eine Zigarre an, vielleicht um meine Verlegenheit nicht merken zu lassen.

Wir unterhalten uns. Dann schlägt die Uhr Zwölf, und wir sehen uns schweigend an, ohne uns zu rühren.

Die Kinderschwester ist eine Schweizerin, und sie kommt aus einer der besten Schulen im Wallis. Sie trägt die Tracht ihrer Schule: ein feingestreiftes weißblaues Kleid und ein sehr kokettes Häubchen.

Nathalie hat recht behalten, sie hat einen Jungen zur

Welt gebracht. Auch Dr. Jorissen hat recht behalten, die Geburt ist ohne alle Komplikationen verlaufen.

Sie ist dann zum Boulevard Raspail zurückgekehrt, auf Anraten von Terran, denn die Polizei konnte ja eine Scheinuntersuchung anstellen.

Ich erlebe auf dem Standesamt des I. Arrondissements an der Place du Louvre sehr seltsame Augenblicke, die ich nicht noch einmal erleben möchte. Ich versuche, mich an alle Instruktionen von Terran zu erinnern, der nicht gerade ermutigend auf mich gewirkt hat.

»Jedenfalls können sie das Kind nicht holen und der Fürsorge übergeben. Es kann höchstens passieren, daß sie die Anerkennung zurückweisen und eine Adoption verlangen.«

Ich begebe mich ins Amtszimmer, wo eine alte Dame in Begleitung von zwei jüngeren Frauen, vielleicht ihren Töchtern, eben den Tod ihres Mannes meldet. Der Beamte schreibt in aller Ruhe den vom Arzt ausgestellten Totenschein ab, und die alte Dame schneuzt sich und wischt sich die Augen.

Draußen scheint die Sonne, die Knospen sind aufgesprungen und verleihen den Bäumen einen lichtgrünen Schimmer.

»Monsieur?« bittet mich der Beamte herbei, während die drei Frauen zur Tür gehen.

Ich reiche ihm meine Visitenkarte, die Geschäftskarte, auf der meine Adresse und mein Beruf stehen, worauf er mich auch gleich ziemlich neugierig mustert.

»Sie möchten etwas anmelden?«

»Ja.«
»Einen Todesfall?«
»Eine Geburt.«
»Haben Sie die Bescheinigung des Arztes bei sich?«
»Die Entbindung hat ohne Arzt stattgefunden.«
Er betrachtet mich noch aufmerksamer und mit Verwunderung.
»Der Hebamme?«
»Ich habe gar keine Bescheinigung.«
»Wer ist der Vater des Kindes?«
»Ich.«
Wie ich erwartet hatte, ist er zu jung, um sich vorstellen zu können, daß ein Mann von fünfundsiebzig Jahren nicht ein impotenter Greis ist.
»Sind Sie verheiratet?«
»Ich war es dreimal.«
»Ist das Kind von Ihrer dritten Frau?«
»Nein. Ich bin von allen dreien geschieden.«
»Es handelt sich um ein illegitimes Kind?«
»Nein, da ich es ja anerkenne.«
»Ein Junge?«
»Ja. Schreiben Sie: Yves Jacques François Perret-Latour...«
In dieser Reihenfolge hat mir Nathalie die Namen angegeben. Ich weiß nicht, was der Name Yves bedeuten soll, es hat nie einen Yves in der Familie gegeben, und wir stammen nicht aus der Bretagne. Jacques steht für ihren Vater, und zuletzt kommt François.
»Der Name der Mutter?«
»Den weiß ich nicht.«
Er richtet sich jäh auf.

»Sie müssen doch wissen...«
»Sagen wir, ich weiß ihn offiziell nicht.«
»Wo hat die Entbindung stattgefunden?«
»Auch das weiß ich nicht.«
»Sie erlauben...«
Er ist verwirrt und fühlt sich verpflichtet, eine höhere Stelle zu konsultieren. Er geht in ein Nachbarzimmer, und kurz darauf kommt ein älterer Herr durch die Tür und schaut mich von oben bis unten an.
Der Beamte sagt:
»Sie müssen warten. Wir sehen nach, ob der Herr Bürgermeister in seinem Büro ist.«
Ich muß nur eine Viertelstunde auf einer Bank warten. Ein Amtsdiener holt mich und führt mich in den ersten Stock. Wir gehen durch ein Vorzimmer, und man bringt mich in einen großen Büroraum. Der Bürgermeister steht auf, streckt mir die Hand entgegen und murmelt:
»Angenehm.«
Er ist ein beleibter, intelligenter Mann mit einem sympathischen Gesicht.
»Setzen Sie sich bitte.«
Das Büro ist im Empirestil eingerichtet, wie meine Wohnung, mit dem Unterschied, daß hier Imitationen stehen. Die Sonne spiegelt sich auf den Bronzen und auf einem ausladenden Aschenbecher aus Glas. Der Bürgermeister raucht Pfeife.
»Der leitende Standesbeamte hat mir gesagt...«
Es ist ihm ebenso unangenehm wie mir, eher noch mehr, da mich hier das Lampenfieber verlassen hat.

»Wenn ich recht verstehe, möchten Sie ein Kind anmelden, ohne den Namen der Mutter zu nennen?«

»Genau das. Ich habe schwerwiegende Gründe dafür, daß der Name der Mutter nicht in den Akten steht.«

»Wie man mir gesagt hat, haben Sie auch keine Bescheinigung des Arztes, der bei der Entbindung anwesend war.«

»Es war kein Arzt anwesend.«

»Auch keine Hebamme?«

Ich sehe ihn schweigend an.

»Die betreffende Person hat das Kind also allein zur Welt gebracht?«

»Es kommt vor, daß Kinder im Taxi, im Zug oder im Flugzeug geboren werden.«

»Richtig. Aber dann haben wir den Namen der Mutter.«

»Nicht unbedingt den des Vaters.«

»Auch das ist richtig.«

»Und hier haben Sie den Namen des Vaters.«

Er ist so ratlos, daß ich ihm zu Hilfe kommen muß.

»Im französischen Gesetzbuch gibt es einen Artikel 336. Ich zitiere ihn aus dem Gedächtnis:

›Die Anerkennung des Kindes durch den Vater ohne Angabe und Einwilligung seitens der Mutter hat Rechtswirkung nur für den Vater.‹«

Er wiederholt den Satz und scheint tief nachzudenken.

»Das ist nicht recht klar. Sind Sie sicher, daß das der genaue Wortlaut des Artikels ist?«

»Ich kann es Ihnen versichern. Ich muß dazu sagen,

daß ich mich bei einem hervorragenden Juristen erkundigt habe. Seiner Meinung nach ermöglicht dieser Artikel eine Registrierung, die nicht *a priori* abgewiesen werden kann.«

»Wann ist das Kind geboren?«

»Am 5. April.«

»Also vor zehn Tagen?«

»Ich habe leider nicht früher kommen können.«

»Ihr Jurist ist wohl auch namenlos?«

Er sagt es ohne Ironie, er ist merklich verunsichert und möchte keinen Fehler machen, indem er mir etwas verweigert, was mir zusteht.

»Sie erlauben, Monsieur Perret-Latour?«

Er geht hinaus, zweifellos, um bei einer höheren Instanz anzurufen, bei wem weiß ich nicht. Es dauert lange. Ich höre leises Reden, ohne daß es mir gelingt, einzelne Wörter zu unterscheiden.

Als er zurückkommt, ist er erleichtert.

»Ich denke, die Eintragung läßt sich machen. Ich werde Anweisung geben, eine vorläufige Eintragung vorzunehmen, bis die Polizei sichergestellt hat, daß kein Kind entführt worden ist. Ich füge gleich hinzu, daß es lediglich eine Formalität ist. Haben Sie draußen Zeugen?«

»Mein Chauffeur sitzt im Wagen.«

»Der Beamte wird Ihnen einen zweiten besorgen. Wie Sie wohl wissen, warten immer zwei oder drei in einem Lokal.«

Uff! Er drückt mir die Hand und bringt mich hinaus. Im Zimmer des Standesamts betrachtet mich der Beamte mit wachsender Hochachtung.

»Sie brauchen Zeugen? Soll ich Ihnen welche beschaffen?«

Er geht durchs Zimmer und telefoniert.

»Hallo Gaston? Hier Germain ... Ja, zwei. Sofort. Es ist eilig.«

Ich gebe jedem hundert Francs. Mehr möchte ich nicht geben, es könnte komisch aussehen.

Als ich hinausgehe, umfängt mich voller Sonnenschein. Ich bin zum ersten Mal ohne Mantel, denn der März war kalt und unfreundlich. Ich mache Emile ein Zeichen, daß er die Wagentür nicht zu öffnen braucht. Ich möchte laufen.

»Ich gehe zu Fuß nach Hause.«

Nun habe ich also einen Sohn mehr, und ich habe ihn in meinem Haus. Ich weiß nicht warum, aber ich fühle mehr als Freude, ich fühle eine Art Erlösung.

Ich möchte gar nicht darüber nachdenken und es verstehen. Es ist ein wenig so, als hätte ich etwas getilgt.

Mir ist heiter zumute. Schon lange bin ich nicht mehr so leichten Schrittes gegangen. Manchmal bleibe ich in der Rue de Rivoli stehen und schaue die Schaufenster an.

Ich werde sofort Nathalie anrufen und ihr die gute Nachricht mitteilen. Sie benimmt sich mehr denn je wie eine Erwachsene und ist sehr stolz auf sich.

»Da ich ihn ja nicht stille, könnte ich da nicht zu den anderen nach St. Tropez fahren?«

Ich erinnere mich an meinen Spaziergang an der Marne, an den Hohlweg und an den Satz, der sich, gleichsam mir unbewußt, einstellte, als ich in die Büsche hinaufblickte:

»Es gibt noch Haselnußsträucher...«
Die Place Vendôme ist schön. Die Fenster oben sind es auch.
»Es gibt noch...«
Als ich die Wohnung betrete, höre ich ein Baby schreien.

Epalinges, den 13. Oktober 1968

Stanley G. Eskin
Simenon
Eine Biographie
Aus dem Amerikanischen
von Michael Mosblech

Stanley G. Eskins Biographie stützt sich auf Gespräche mit Simenon, mit Verwandten, Freunden, Verlegern des Autors sowie auf das riesige, erst bruchstückhaft erschlossene Material des Simenon-Archivs in Lüttich.

»Eskin erzählt so anschaulich, als habe er von dem Gegenstand seiner Studien die einfache, farbige, spannende Erzählweise gelernt.«
Frankfurter Allgemeine Zeitung

»Mit dem Index, den zahlreichen Anmerkungen, der vollständigen Bibliographie der Werke und der Verfilmungen wird dieser Band sicher die große umfassende Biographie des Schriftstellers werden. Eskin hält auch mit persönlichen Urteilen nicht zurück; sein Buch verdient daher Aufmerksamkeit und Hochachtung.«
Die Welt, Bonn

»Ich konnte nie glauben, daß Simenon wirklich existiert. Seine ungeheure Produktion, mein immer neues Staunen über die Vollkommenheit seiner Erzählungen, die psychologische Genauigkeit seiner unendlich vielen Figuren, die Eindrücklichkeit der Landschaftsbeschreibungen vermittelten mir stets das Bild eines hinreißenden Schriftstellers, das aber so ungreifbar und unbestimmt blieb wie etwa das Bild des Frühlings, des Meeres, das Bild von Weihnachten – Bilder, die man mit Vergnügen und unbewußtem Wohlbehagen in sich aufnimmt und erlebt, ohne daß sie imstande wären, die Begriffe in ihrer Dinghaftigkeit und Identität vollständig zu verkörpern.« *Federico Fellini*

»Mit Sicherheit das umfassendste Werk, das je über mich geschrieben wurde.« *Georges Simenon*

Magdalen Nabb
im Diogenes Verlag

Tod im Frühling
Roman. Aus dem Englischen von
Matthias Müller. Mit einem Vorwort von
Georges Simenon. detebe 21566

Schnee im März – in Florenz etwas so Ungewöhnliches, daß niemand bemerkt, wie zwei ausländische Mädchen mit vorgehaltener Pistole aus der Stadt entführt werden. Eine davon wird fast sofort wieder freigelassen. Die andere, eine reiche Amerikanerin, bleibt spurlos verschwunden. Die Suche geht in die toskanischen Hügel, zu den sardischen Schafhirten – schon unter normalen Umständen eine sehr verschlossene Gemeinschaft. Aber es war keine gewöhnliche Entführung. Die Lösung ist so unerwartet wie Schnee im März – oder Tod im Frühling.

»Nie eine falsche Note. Es ist das erste Mal, daß ich das Thema Entführung so einfach und verständlich behandelt sehe. Bravissimo!« *Georges Simenon*

Tod im Herbst
Roman. Deutsch von Matthias Fienbork
detebe 21869

Die Tote, die an einem nebligen Herbstmorgen aus dem Arno gefischt wurde, war vielleicht nur eine Selbstmörderin. Aber wer schon würde, nur mit Pelzmantel und Perlenkette bekleidet, ins trübe Wasser des Flusses springen? Überall hieß es, die Frau habe sehr zurückgezogen gelebt. Was für eine Rolle spielten dann die »Freunde«, die plötzlich auftauchten?
Wachtmeister Guarnaccia in seinem Büro an der Piazza Pitti in Florenz ahnte, daß der Fall schwierig und schmutzig war – Drogen, Erpressung, Sexgeschäfte –, aber daß nur weitere Tote das Dickicht

der roten Fäden entwirren sollten, konnte er nicht wissen...

»Simenon hat Magdalen Nabb gepriesen, und mit *Tod im Herbst* kommt sie einem Florentiner Maigret ohne Zweifel am nächsten.« *The Sunday Times, London*

Tod eines Engländers
Roman. Deutsch von Matthias Fienbork
detebe 21999

Florenz, kurz vor Weihnachten: Wachtmeister Guarnaccia brennt darauf, nach Sizilien zu seiner Familie zu kommen, doch da wird er krank, und es geschieht ein Mord. Carabiniere Bacci wittert seine Chance: Was ihm an Erfahrung fehlt, macht er durch Strebsamkeit wett! Betrug und gestohlene Kunstschätze kommen ans Licht, aber sie sind nur der Hintergrund zu einer privaten Tragödie. Zuletzt ist es doch der Wachtmeister, der (wenn auch eher unwillig) dem Mörder auf die Spur kommt – und an Heiligabend gerade noch den letzten Zug nach Syrakus erwischt.

»Unheimlich spannend und gleichzeitig von goldener, etwas morbider Florentiner Atmosphäre.«
The Financial Times, London

mit Paolo Vagheggi
Terror
Roman. Deutsch von Bernd Samland
detebe 21604

Italien 1988 – Zehn Jahre sind vergangen, seit die Entführung und Ermordung des christdemokratischen Politikers Carlo Rota die Weltöffentlichkeit erschütterte. Die Hintergründe des Verbrechens sind ungeklärt geblieben, die Führer der Roten Brigaden ungestraft. Viele in Italien zögen es vor, die Ereignisse in Vergessenheit geraten zu lassen.

Doch der Kampf gegen den Terrorismus geht weiter – Lapo Bardi, stellvertretender Staatsanwalt in Florenz, führt ihn unerbittlich.
Der Fall Aldo Moro, mit großer Könner- und Kennerschaft in einen glänzenden politischen Krimi umgesetzt.

»Fesselnd ist nicht allein die feingesponnene Kriminalhandlung sondern auch das sie umgebende Geflecht menschlicher Beziehungen. Der Leser wird mit jeder Seite aufs neue gepackt.« *The Guardian, London*

Georges Simenon
im Diogenes Verlag

● **Romane**

Drei große Romane
Der Mörder / Der große Bob / Drei Zimmer in Manhattan. Deutsch von Linde Birk und Lothar Baier. detebe 21596

Brief an meinen Richter
Roman. Deutsch von Hansjürgen Wille und Barbara Klau. detebe 20371

Der Schnee war schmutzig
Roman. Deutsch von Willi A. Koch
detebe 20372

Die grünen Fensterläden
Roman. Deutsch von Alfred Günther
detebe 20373

Im Falle eines Unfalls
Roman. Deutsch von Hansjürgen Wille und Barbara Klau. detebe 20374

Sonntag
Roman. Deutsch von Hansjürgen Wille und Barbara Klau. detebe 20375

Bellas Tod
Roman. Deutsch von Elisabeth Serelmann-Küchler. detebe 20376

Der Mann mit dem kleinen Hund
Roman. Deutsch von Stefanie Weiss
detebe 20377

Drei Zimmer in Manhattan
Roman. Deutsch von Linde Birk
detebe 20378

Die Großmutter
Roman. Deutsch von Linde Birk
detebe 20379

Der kleine Mann von Archangelsk
Roman. Deutsch von Alfred Kuoni
detebe 20584

Der große Bob
Roman. Deutsch von Linde Birk
detebe 20585

Die Wahrheit über Bébé Donge
Roman. Deutsch von Renate Nickel
detebe 20586

Tropenkoller
Roman. Deutsch von Annerose Melter
detebe 20673

Ankunft Allerheiligen
Roman. Deutsch von Eugen Helmlé
detebe 20674

Der Präsident
Roman. Deutsch von Renate Nickel
detebe 20675

Der kleine Heilige
Roman. Deutsch von Trude Fein
detebe 20676

Der Outlaw
Roman. Deutsch von Liselotte Julius
detebe 20677

Die Glocken von Bicêtre
Roman. Neu übersetzt von Angela von Hagen. detebe 20678

Der Verdächtige
Roman. Deutsch von Eugen Helmlé
detebe 20679

Die Verlobung des Monsieur Hire
Roman. Deutsch von Linde Birk
detebe 20681

Der Mörder
Roman. Deutsch von Lothar Baier
detebe 20682

Die Zeugen
Roman. Deutsch von Anneliese Botond
detebe 20683

Die Komplizen
Roman. Deutsch von Stefanie Weiss
detebe 20684

Die Unbekannten im eigenen Haus
Roman. Deutsch von Gerda Scheffel
detebe 20685

Der Ausbrecher
Roman. Deutsch von Erika Tophoven-Schöningh. detebe 20686

Wellenschlag
Roman. Deutsch von Eugen Helmlé
detebe 20687

Der Mann aus London
Roman. Deutsch von Stefanie Weiss
detebe 20813

Die Überlebenden der Télémaque
Roman. Deutsch von Hainer Kober
detebe 20814

Der Mann, der den Zügen nachsah
Roman. Deutsch von Walter Schürenberg
detebe 20815

Zum Weißen Roß
Roman. Deutsch von Trude Fein
detebe 20986

Der Tod des Auguste Mature
Roman. Deutsch von Anneliese Botond
detebe 20987

Die Fantome des Hutmachers
Roman. Deutsch von Eugen Helmlé
detebe 21001

Die Witwe Couderc
Roman. Deutsch von Hanns Grössel
detebe 21002

Schlußlichter
Roman. Deutsch von Stefanie Weiss
detebe 21010

Die schwarze Kugel
Roman. Deutsch von Renate Nickel
detebe 21011

Die Brüder Rico
Roman. Deutsch von Angela von Hagen
detebe 21020

Antoine und Julie
Roman. Deutsch von Eugen Helmlé
detebe 21047

Betty
Roman. Deutsch von Raymond Regh
detebe 21057

Die Tür
Roman. Deutsch von Linde Birk
detebe 21114

Der Neger
Roman. Deutsch von Linde Birk
detebe 21118

Das blaue Zimmer
Roman. Deutsch von Angela von Hagen
detebe 21121

Es gibt noch Haselnußsträucher
Roman. Deutsch von Angela von Hagen
detebe 21192

Der Bürgermeister von Furnes
Roman. Deutsch von Hanns Grössel
detebe 21209

Der Untermieter
Roman. Deutsch von Ralph Eue
detebe 21255

Das Testament Donadieu
Roman. Deutsch von Eugen Helmlé
detebe 21256

Die Leute gegenüber
Roman. Deutsch von Hans-Joachim Hartstein. detebe 21273

Weder ein noch aus
Roman. Deutsch von Elfriede Riegler
detebe 21304

Auf großer Fahrt
Roman. Deutsch von Angela von Hagen
detebe 21327

Der Bericht des Polizisten
Roman. Deutsch von Markus Jakob
detebe 21328

Die Zeit mit Anaïs
Roman. Deutsch von Ursula Vogel
detebe 21329

Der Passagier der Polarlys
Roman. Deutsch von Stefanie Weiss
detebe 21377

Die Katze
Roman. Deutsch von Angela von Hagen
detebe 21378

Die Schwarze von Panama
Roman. Deutsch von Ursula Vogel
detebe 21424

Das Gasthaus im Elsaß
Roman. Deutsch von Angela von Hagen
detebe 21425

Das Haus am Kanal
Roman. Deutsch von Ursula Vogel
detebe 21426

Der Zug
Roman. Deutsch von Trude Fein. detebe 21480

Striptease
Roman. Deutsch von Angela von Hagen
detebe 21481

45° im Schatten
Roman. Deutsch von Angela von Hagen
detebe 21482

Die Eisentreppe
Roman. Deutsch von Angela von Hagen
detebe 21557

Das Fenster der Rouets
Roman. Deutsch von Stefanie Weiss
detebe 21558

Die bösen Schwestern von Concarneau
Roman. Deutsch von Ingrid Altrichter
detebe 21559

Der Sohn Cardinaud
Roman. Deutsch von Linde Birk
detebe 21598

Der Zug aus Venedig
Roman. Deutsch von Liselotte Julius
detebe 21617

Weißer Mann mit Brille
Roman. Deutsch von Ursula Vogel
detebe 21635

Der Bananentourist
Roman. Deutsch von Barbara Heller
detebe 21679

Monsieur La Souris
Roman. Deutsch von Renate Heimbucher-Bengs. detebe 21681

Der Teddybär
Roman. Deutsch von Ingrid Altrichter
detebe 21682

Die Marie vom Hafen
Roman. Deutsch von Ursula Vogel
detebe 21683

Der reiche Mann
Roman. Deutsch von Stefanie Weiss
detebe 21753

»... die da dürstet«
Roman. Deutsch von Irène Kuhn
detebe 21773

Vor Gericht
Roman. Deutsch von Linde Birk. detebe 21786

Der Umzug
Roman. Deutsch von Barbara Heller
detebe 21797

Der fremde Vetter
Roman. Deutsch von Stefanie Weiss
detebe 21798

Das Begräbnis des Monsieur Bouvet
Roman. Deutsch von H.J. Solbrig
detebe 21799

Die schielende Marie
Roman. Deutsch von Eugen Helmlé
detebe 21800

Die Pitards
Roman. Deutsch von Ingrid Altrichter
detebe 21857

Das Gefängnis
Roman. Deutsch von Michael Mosblech

Malétras zieht Bilanz
Roman. Deutsch von Irmgard Perfahl
detebe 21893

Das Haus am Quai Notre-Dame
Roman. Deutsch von Eugen Helmlé
detebe 21894

Der Neue
Roman. Deutsch von Ingrid Altrichter
detebe 21895

Die Erbschleicher
Roman. Deutsch von Renate Heimbucher-Bengs. detebe 21938

Die Selbstmörder
Roman. Deutsch von Linde Birk. detebe 21939

Tante Jeanne
Roman. Deutsch von Inge Giese. detebe 21940

Der Rückfall
Roman. Deutsch von Ursula Vogel
detebe 21941

Am Maultierpaß
Roman. Deutsch von Michael Mosblech
detebe 21942

● **Maigret-Romane
und -Erzählungen**

Weihnachten mit Maigret
Zwei Romane und eine Erzählung. Leinen

Der Goldene Gelbe 88
Einmalige Sonderausgabe. Enthält folgende Romane: Maigret amüsiert sich / Mein Freund Maigret / Maigret und die junge Tote. Deutsch von Renate Nickel, Annerose Melter und Raymond Regh. detebe 21597

Maigrets erste Untersuchung
Roman. Deutsch von Roswitha Plancherel
detebe 20501

Maigret und Pietr der Lette
Roman. Deutsch von Wolfram Schäfer
detebe 20502

Maigret und die alte Dame
Roman. Deutsch von Renate Nickel
detebe 20503

Maigret und der Mann auf der Bank
Roman. Deutsch von Annerose Melter
detebe 20504

Maigret und der Minister
Roman. Deutsch von Annerose Melter
detebe 20505

Mein Freund Maigret
Roman. Deutsch von Annerose Melter
detebe 20506

Maigrets Memoiren
Roman. Deutsch von Roswitha Plancherel
detebe 20507

Maigret und die junge Tote
Roman. Deutsch von Raymond Regh
detebe 20508

Maigret amüsiert sich
Roman. Deutsch von Renate Nickel
detebe 20509

Hier irrt Maigret
Roman. Deutsch von Elfriede Riegler
detebe 20690

Maigret und der gelbe Hund
Roman. Deutsch von Raymond Regh
detebe 20691

Maigret vor dem Schwurgericht
Roman. Deutsch von Wolfram Schäfer
detebe 20692

Maigret als möblierter Herr
Roman. Deutsch von Wolfram Schäfer
detebe 20693

Madame Maigrets Freundin
Roman. Deutsch von Roswitha Plancherel
detebe 20713

Maigret kämpft um den Kopf eines Mannes
Roman. Deutsch von Roswitha Plancherel
detebe 20714

Maigret und die kopflose Leiche
Roman. Deutsch von Wolfram Schäfer
detebe 20715

Maigret und die widerspenstigen Zeugen
Roman. Deutsch von Wolfram Schäfer
detebe 20716

Maigret am Treffen der Neufundlandfahrer
Roman. Deutsch von Annerose Melter
detebe 20717

Maigret bei den Flamen
Roman. Deutsch von Claus Sprick
detebe 20718

Maigret und das Schattenspiel
Roman. Deutsch von Claus Sprick
detebe 20734

Maigret und die Keller des Majestic
Roman. Deutsch von Linde Birk
detebe 20735

Maigret contra Picpus
Roman. Deutsch von Hainer Kober
detebe 20736

Maigret läßt sich Zeit
Roman. Deutsch von Sibylle Powell
detebe 20755

Maigrets Geständnis
Roman. Deutsch von Roswitha Plancherel
detebe 20756

Maigret zögert
Roman. Deutsch von Annerose Melter
detebe 20757

Maigret und die Bohnenstange
Roman. Deutsch von Guy Montag
detebe 20808

Maigret und das Verbrechen in Holland
Roman. Deutsch von Renate Nickel
detebe 20809

Maigret und sein Toter
Roman. Deutsch von Elfriede Riegler
detebe 20810

Maigret beim Coroner
Roman. Deutsch von Wolfram Schäfer
detebe 20811

Maigret, Lognon und die Gangster
Roman. Deutsch von Wolfram Schäfer
detebe 20812

Maigret und der Gehängte von Saint-Pholien
Roman. Deutsch von Sibylle Powell
detebe 20816

Maigret und der verstorbene Monsieur Gallet
Roman. Deutsch von Roswitha Plancherel
detebe 20817

Maigret regt sich auf
Roman. Deutsch von Wolfram Schäfer
detebe 20820

Maigret und der Treidler der »Providence«
Roman. Deutsch von Claus Sprick
detebe 21029

Maigrets Nacht an der Kreuzung
Roman. Deutsch von Annerose Melter
detebe 21050

Maigret hat Angst
Roman. Deutsch von Elfriede Riegler
detebe 21062

Maigret gerät in Wut
Roman. Deutsch von Wolfram Schäfer
detebe 21113

Maigret verteidigt sich
Roman. Deutsch von Wolfram Schäfer
detebe 21117

Maigret erlebt eine Niederlage
Roman. Deutsch von Elfriede Riegler
detebe 21120

Maigret und der geheimnisvolle Kapitän
Roman. Deutsch von Annerose Melter
detebe 21180

Maigret und die alten Leute
Roman. Deutsch von Annerose Melter
detebe 21200

Maigret und das Dienstmädchen
Roman. Deutsch von Hainer Kober
detebe 21220

Maigret im Haus des Richters
Roman. Deutsch von Liselotte Julius
detebe 21238

Maigret und der Fall Nahour
Roman. Deutsch von Sibylle Powell
detebe 21250

Maigret und der Samstagsklient
Roman. Deutsch von Angelika Hildebrandt-Essig. detebe 21295

Maigret in New York
Roman. Deutsch von Bernhard Jolles
detebe 21308

Maigret und die Affäre Saint-Fiacre
Roman. Deutsch von Werner De Haas
detebe 21373

Maigret stellt eine Falle
Roman. Deutsch von Angela von Hagen
detebe 21374

Sechs neue Fälle für Maigret
Erzählungen. Deutsch von Elfriede Riegler
detebe 21375

Maigret in der Liberty Bar
Roman. Deutsch von Angela von Hagen
detebe 21376

Maigret und der Spion
Roman. Deutsch von Hainer Kober
detebe 21427

Maigret und die kleine Landkneipe
Roman. Deutsch von Bernhard Jolles und Heide Bideau. detebe 21428

Maigret und der Verrückte von Bergerac
Roman. Deutsch von Hainer Kober
detebe 21429

Maigret, die Tänzerin und die Gräfin
Roman. Deutsch von Hainer Kober
detebe 21484

Maigret macht Ferien
Roman. Deutsch von Markus Jakob
detebe 21485

Maigret und der hartnäckigste Gast der Welt
Sechs Fälle für Maigret. Deutsch von Linde Birk und Ingrid Altrichter. detebe 21486

Maigret verliert eine Verehrerin
Roman. Deutsch von Ingrid Altrichter
detebe 21521

Maigret in Nöten
Roman. Deutsch von Markus Jakob
detebe 21522

Maigret und sein Rivale
Roman. Deutsch von Ingrid Altrichter
detebe 21523

Maigret und die schrecklichen Kinder
Roman. Deutsch von Paul Celan
detebe 21574

Maigret und sein Jugendfreund
Roman. Deutsch von Markus Jakob
detebe 21575

Maigret und sein Revolver
Roman. Deutsch von Ingrid Altrichter
detebe 21576

Maigret auf Reisen
Roman. Deutsch von Ingrid Altrichter
detebe 21593

Maigret und die braven Leute
Roman. Deutsch von Ingrid Altrichter
detebe 21615

Maigret und der faule Dieb
Roman. Deutsch von Stefanie Weiss
detebe 21629

Maigret und die verrückte Witwe
Roman. Deutsch von Michael Mosblech
detebe 21680

Maigret und sein Neffe
Roman. Deutsch von Ingrid Altrichter
detebe 21684

Maigret und Stan der Killer
Vier Fälle für Maigret. Deutsch von Inge Giese und Eva Schönfeld. detebe 21741

Maigret und das Gespenst
Roman. Deutsch von Barbara Heller
detebe 21760

Maigret in Kur
Roman. Deutsch von Irène Kuhn
detebe 21770

Madame Maigrets Liebhaber
Vier Fälle für Maigret. Deutsch von Ingrid Altrichter, Inge Giese und Josef Winiger
detebe 21791

Maigret und der Clochard
Roman. Deutsch von Josef Winiger
detebe 21801

Maigret und Monsieur Charles
Roman. Deutsch von Renate Heimbucher-Bengs. detebe 21802

Maigret und der Spitzel
Roman. Deutsch von Inge Giese. detebe 21803

Maigret und der einsamste Mann der Welt
Roman. Deutsch von Ursula Vogel
detebe 21804

Maigret und der Messerstecher
Roman. Deutsch von Josef Winiger
detebe 21805

Maigret hat Skrupel
Roman. Deutsch von Ingrid Altrichter
detebe 21806

Maigret in Künstlerkreisen
Roman. Deutsch von Ursula Vogel
detebe 21871

Maigret und der Weinhändler
Roman. Deutsch von Hainer Kober
detebe 21872

● **Erzählungen**
Der kleine Doktor
Erzählungen. Deutsch von Hansjürgen Wille
und Barbara Klau. detebe 21025

Emil und sein Schiff
Erzählungen. Deutsch von Angela von
Hagen. detebe 21318

Die schwanzlosen Schweinchen
Erzählungen. Deutsch von Linde Birk
detebe 21284

Exotische Novellen
Deutsch von Annerose Melter. detebe 21285

Meistererzählungen
Deutsch von Wolfram Schäfer u.a.
detebe 21620

Die beiden Alten in Cherbourg
Erzählungen. Deutsch von Inge Giese und
Reinhard Tiffert. detebe 21943

● **Reportagen**
Die Pfeife Kleopatras
Reportagen aus aller Welt. Deutsch von Guy
Montag. detebe 21223

Zahltag in einer Bank
Reportagen aus Frankreich. Deutsch von
Guy Montag. detebe 21224

● **Biographisches**
*Intime Memoiren und
Das Buch von Marie-Jo*
Aus dem Französischen von Hans-Joachim
Hartstein, Claus Sprick, Guy Montag und
Linde Birk. detebe 21216

Stammbaum
Pedigree. Autobiographischer Roman
Deutsch von Hans-Joachim Hartstein
detebe 21217

Simenon auf der Couch
Fünf Ärzte verhören den Autor sieben
Stunden lang. Deutsch von Irène Kuhn
Mit einer Bibliographie und Filmographie
und 43 Abbildungen. detebe 21658

Außerdem liegen vor:

Stanley G. Eskin
Simenon
Eine Biographie. Mit zahlreichen bisher unveröffentlichten Fotos, Lebenschronik, Bibliographie, ausführlicher Filmographie, Anmerkungen, Namen- und Werkregister. Aus
dem Amerikanischen von Michael Mosblech
Leinen

Über Simenon
Zeugnisse und Essays von Patricia Highsmith bis Alfred Andersch. Mit einem Interview, mit Chronik und Bibliographie. Herausgegeben von Claudia Schmölders und
Christian Strich. detebe 20499

Das Simenon Lesebuch
Erzählungen, Reportagen, Erinnerungen
Herausgegeben von Daniel Keel
detebe 20500

Deutschsprachige Thriller im Diogenes Verlag

● **Jakob Arjouni**
Happy birthday, Türke!
Roman. detebe 21544

Mehr Bier
Roman. detebe 21545

● **Robert Benesch**
Außer Kontrolle
Roman. detebe 21081

● **Kurt Bracharz**
Pappkameraden
Roman. detebe 21475

● **Peter Bradatsch**
Waschen, Schneiden, Umlegen
Ein Dutzend Kriminalgeschichten
detebe 21272

● **Beat Brechbühl**
Kneuss
Roman. detebe 21416

● **Claude Cueni**
Schneller als das Auge
Roman. detebe 21542

● **Friedrich Dürrenmatt**
Der Richter und sein Henker
Kriminalroman. detebe 21435

Der Verdacht
Kriminalroman. detebe 21436

*Das Versprechen /
Aufenthalt in einer kleinen Stadt*
Erzählungen. detebe 20852

Justiz
Roman. detebe 21540

● **Friedrich Glauser**
Wachtmeister Studer
Roman. detebe 21733

Die Fieberkurve
Roman. detebe 21734

Matto regiert
Roman. detebe 21735

Der Chinese
Roman. detebe 21736

Krock & Co.
Roman. detebe 21737

Der Tee der drei alten Damen
Roman. detebe 21738

● **E.W. Heine**
Toppler
Ein Mordfall im Mittelalter. Mit zahlreichen
Vignetten des Autors. Leinen

Kille Kille
Makabre Geschichten. detebe 21053

Hackepeter
Neue Kille Kille Geschichten. detebe 21219

Kuck Kuck
Noch mehr Kille Kille Geschichten
detebe 21692

*Wer ermordete Mozart?
Wer enthauptete Haydn?*
Mordgeschichten für Musikfreunde
detebe 21437

*Wie starb Wagner?
Was geschah mit Glenn Miller?*
Neue Geschichten für Musikfreunde
detebe 21514

● **Otto Jägersberg**
Der Herr der Regeln
Roman. detebe 21612

● **Hans Werner Kettenbach**
*Minnie
oder Ein Fall von Geringfügigkeit*
Roman. detebe 21218

Schmatz oder Die Sackgasse
Roman. detebe 21732

● **Jürgen Lodemann**
*Anita Drögemöller
und Die Ruhe an der Ruhr*
Roman. detebe 20283

Essen Viehofer Platz
Roman. detebe 21613

● **Fanny Morweiser**
Lalu lalula, arme kleine Ophelia
Eine unheimliche Liebesgeschichte
detebe 20608

La vie en rose
Ein romantischer Roman. detebe 20609

Die Kürbisdame
Eine Kleinstadt-Trilogie. detebe 20758

Indianer-Leo
und andere Geschichten aus dem Wilden Westdeutschland. detebe 20799

Ein Sommer in Davids Haus
Roman. detebe 21059

Voodoo-Emmi
Erzählungen. detebe 21541

Ein Winter ohne Schnee
Roman. detebe 21693

● **Karl W. Schlegel**
Richter wider Willen
Roman. detebe 21422

● **Bernhard Schlink**
Die gordische Schleife
Roman. detebe 21668

zusammen mit Walter Popp:
Selbs Justiz
Roman. detebe 21543

● **Lydia Tews**
Wer nicht träumt, ist tot
Roman. detebe 21513

● **Susanne Thommes**
Brüderchen und Schwesterchen
Roman. detebe 21423

Totensonntag
Roman. detebe 21474

zusammen mit Roland Kramp:
Der falsche Freund
Roman. detebe 21380

● **Hans Weigold**
Eines der verwunschenen Häuser
Roman. detebe 21070